瞎掰舊貨攤 ②

子母雞大碗公

鄭宗弦 著

目錄

導讀

故事，是最有力量的話語

文／國立臺北大學中文系助理教授楊奕成

宗弦老師的《瞎掰舊貨攤》是部以舊貨攤為主要場景的作品。主角夏志翔熱愛閱讀，他從中汲取豐厚的養分，再發揮巧思與創意，為舊貨掰出一個又一個精采別緻的故事。這些故事可以各自獨立；但藉由夏、盧、翁三家的生活難題把它們貫穿起來，又可以是首尾一貫的長篇小說。

我在大學的課堂上帶領學生閱讀與討論，下課後有學生難掩激動的告訴我，他們不但著迷於這套作品的主題多元、主旨深刻，更吸引他們專注聆聽、振筆疾書的是我解析其中的故事行銷技巧。

當你明白了那些技巧，便能理解夏志翔為什麼說：「這世界沒有賣不掉的東西，只有不會賣的人。」這套作品究竟有哪些技巧，值得讀者學以致用呢？

首先：夏志翔在拍賣會場，以高價標下一把檜木櫻花扇，再故弄玄虛說它是樹靈的隨身法寶，背後是樹靈復仇殺人的故事。他創造了期待，挑起了大家的好奇心，渴望繼續聽下去，於是紛紛求著他說完。

其次：夏志翔彷彿觀世音，他隨時眼觀四面，耳聽八方，才能掌握客人的困難，例如：他明白眼前的男人正陷於是否要收建商賄賂的兩難中，於是就拿起身邊的紫砂茶葉罐，掰出一個潔身自愛，不同流合汙就是愛自己及愛家人的故事。

因此他說：「有目標客人出現時，自然就會有故事了。」

又如：他了解眼前的這位太太身陷焦慮症的困擾，便故意拿起攤位上的一把理髮手推剪，自顧自的大聲說，這是精神科醫師葉克膜，治療病患時最有效的工具，再掰出一個耐心等待，體貼對方就是愛的故事。

另外，讓舊貨變成象徵物，成為提供讀者辨識與烙印情感的對象，並藉此來彰顯主旨。例如：讓「斷尾虎爺」象徵失業者的焦慮與痛苦，希望讀者能同理失業者的困境；讓「迷你瓦斯爐」象徵對工作的態度，希望讀者能發揮所長，服務社會；讓「竹編小畚箕」象徵阿嬤對孫子的疼愛，希望讀者能體會阿嬤的用心良苦。

建議有志於要說故事的讀者，也可以選取某個物品作為象徵物，再設計情節、賦予情感、寄寓主旨，如此不但可提升物品的質感與價值，也頗覆了「文學無用論」的迷思。

我有位學生把《瞎掰舊貨攤》的行銷技巧運用在職場，竟獲得客戶對她的青睞與讚賞，使她不再畏懼與客戶面對面。

宋代學者周敦頤說：「文所以載道也。」宗弦老師藉由夏志翔瞎掰的故事，來循循說理、諄諄教誨，在最後一章〈精裝筆記本〉竟來個驚天大逆轉，隨著夏志翔身世的揭曉，也彰顯出他瞎掰這十七個故事的目的原是為了利益眾生，故有的故事具有療癒人心的力量，有的則帶給人們省思與啟示的意義。我由衷的讚嘆宗弦老師創作故事的功力已臻於出神入化的境界了。

放眼當代，無論是商業行銷，或者個人社交溝通，甚至公開演說，都需要累積自己的「故事資本」，建立自己的「故事抽屜」——因為人類是非常迷戀故事的。口才好，雖然可以說服別人，但不會讓人真正記得你、信服你，而最有力量的話語，其實是說個故事給人聽。

這套作品是故事行銷的經典範例，也是夏志翔弘法的法門，非常適合學生在學校裡晨讀，一邊讀一邊思考，悟出屬於自己利益眾生的方式，不但能讓學習力加分，故事裡的那股神祕的「愛的力量」，更能讓心靈因此成長、茁壯。

推薦文

傳遞「故事味」與「人情味」的舊貨攤

文／親職專欄作家陳安儀

我一直對古舊的東西很有興趣：雕梁畫棟、充滿歷史氣息的洋樓；油綠溫潤、色澤清透的古玉；精緻手工、細膩刺繡的古著服飾……，每每看來都是「有故事的」，彷彿可見前人的血淚與心魂，娓娓訴說著動人的回憶。

《瞎掰舊貨攤》正是這樣一套傳遞著「故事味」的小說。

《瞎掰舊貨攤》是《少年廚俠》、《穿越故宮大冒險》作者鄭宗弦老師的最新作品，前兩集以十八件舊貨，寫成十八個短篇。內容敘述原本在旅行社工作的夏若迪，因為疫情失業，便試著將自己過去蒐集的一些舊貨拿到市集去擺攤。

然而，普普通通的舊貨，實在欠缺吸引力，也賣不出好價錢。就在這尷尬時刻，平日愛看閒書的兒子夏志翔卻靈機一動，順口瞎掰出一個個曲折離奇、感人肺腑的故事。除了令聽眾好奇心大起之外，也成功的包裝了這些舊貨，讓平凡無奇的商品變成了故事裡的最佳見證，這一下，不僅攤子的生意起死回生，故事情節也療癒了許多陷入低谷的客人們。

例如〈紫砂茶葉罐〉，志翔說了一位製茶師傅的故事：他堅持古法製茶、不願意隨意加價，寧可改賣低利潤的梅子也不願意欺騙顧客。這個故事成功的遏阻了一位差點收受賄賂、走上不歸路的公務員。〈黃銅小香爐〉志翔說了一個能夠讓人美夢成真的香爐故事，成功的安慰了情場失意的女子，不再心心念念移情別戀的負心漢。

在〈大蝦圓盤〉中，志翔說的是賣黑心食物、惡有惡報的餐廳老闆；〈裝框的塗鴉畫〉說的是差點誤入歧途的叛逆少年，因為老師的愛而找回人生……每一個舊貨的故事，在志翔刻意針對買家的需求及心情而「客製化」的編纂下，不但引導客人解開心結，也找回了面對人生課題的勇氣。

這套書以短篇形式呈現，閱讀起來輕鬆沒有負擔。各篇探討的議題各自不同，宗弦老師以洗鍊的文筆，流暢的敘述家庭親情、成長歷程，或是介紹歷史文化、針砭時事。每一件舊物不僅道出芸芸眾生的悲歡離合，更讓我們知道，「說故事」不但能夠撫慰人心、解決難題，還是「行銷買賣」的重要手法之一呢！

《瞎掰舊貨攤》中愛閱讀的主角志翔，不但藉由閱讀養成了深刻的觀察力，還得到了許多心理學、歷史、醫學……的知識，激發出天馬行空的創意想像，成功的替父親的舊貨攤行銷，並且勸阻了不良少年宏岳離開黑道，這可真是「閱讀」最大的獲利呀！疫情期間，茲將本書推薦給青少年和喜愛小說的讀者們閱讀，相信大家一定會喜愛的！

第一話 兩顆子彈

那是一個紅色的鰲魚玻璃花瓶，瞬間在地上摔得粉碎。

志翔衝上前與砸玻璃瓶的人扭打起來，一旁另一個年輕人也加入戰局。

「不要動手，不要動手。」夏若迪慌忙勸止，「好好講就好。」

「表哥！表哥！」美華大叫，「宏岳！翁宏岳——」

那個砸玻璃瓶的人停下來，看著美華驚訝的說：「你怎麼會在這裡？」

三個男生各自鬆手站好，志翔這才看清楚眼前這位年輕人，他留長髮，身材高瘦，脖子上戴著一條項鍊。

再看那年長一些的是個刺青哥，戴墨鏡穿緊身背心，虎背熊腰，故意露出手臂上繃緊的骷髏頭刺青，宛如黑道人物。

美華繼續說：「表哥，這攤子的夏老闆是我爸的好朋友，你有什麼事不能好好講，需要砸人家的店？」

宏岳凶惡的指著夏若迪說：「他欠賴桑會錢，已經過兩個星期了，賴桑來過兩次都要不到，只好請我們來處理一下。」

「你說我爸欠你們錢？」志翔問。

「難不成我們吃飽了撐著？」那位刺青哥一臉不屑的說：「你老爸不按期繳還會錢，賴桑是會頭，一直收不到錢，你叫他怎麼跟其他會腳交代？」

盧彥勛到附近的書店買了《少年廚俠》，正準備送過來，遠遠的看到有人爭吵，他趕緊跑過來察看。

「啊！是宏岳啊，你們在做什麼？現在是什麼情況？」

「沒事，沒事。」夏若迪自知理虧，誠誠懇懇的向兩個年輕人鞠躬，也向盧彥勛點頭，說：「是我前陣子剛失業時缺錢缺得緊，只好跟我老婆商量，拿了結婚時的金項鍊、金戒指去賴桑的銀樓變現。賴桑看我那樣子，好心的報給我一個新起的互助會。」

「多少錢？」盧彥勛問。

「二十個會員，一會一萬元。我先標走去還貸款，但繳了幾次會錢，這次卻……」夏若迪越說越小聲。

「唉呀！」盧彥勛皺起眉頭說，「老夏，你有困難怎麼不早跟我講，搞成這樣真不好看。」

夏若迪臉上一陣青一陣紅，尷尬得不知如何是好。

盧彥勛對宏岳說：「你們跟我回去拿錢。」

夏若迪不好意思的說：「盧老大，謝謝你，那只好暫時欠你錢，也欠你一份人情。」

「這沒什麼，不要在意。」盧彥勛爽快的說完，轉對宏岳拉下臉，說：「你什麼時候跟討債公司在一起了？你爸知道嗎？你多久沒回學校讀書了？你打算一直這樣嗎？」

「唉唷！姨丈，你不要管我啦！我拿到錢就走，你不要告訴我爸啦！」宏岳眼神故意往旁邊瞥。

「等一下！」志翔大喝一聲，從口袋掏出錢，數了十張千元鈔。「我這裡有，你們拿去。」

夏若迪和盧彥勛都愣住了，倒是那個刺青哥歡欣的把錢取走。

這時一輛警用機車出現在攤子前，想必是附近有攤商看不過報了警。

警察停好機車，問：「這裡有人砸店，是嗎？」

「啊！沒有，沒有。」宏岳跟刺青哥咧開嘴，猛揮雙手，學螃蟹橫走想趁早脫身。

夏若迪堆笑臉說：「沒事，警察大人，沒事了。」

盧彥勛也笑著說：「哈哈！雙方和解了。」

「沒事就好。」警察跨回車上，準備插上車鑰匙。

「事情還沒完。」志翔大喊，「警察先生。」

警察問：「怎麼樣？」

志翔理直氣壯的指著宏岳說：「我們已經還了欠他們的錢，可是他砸碎了我家的玻璃瓶，應該賠錢才公平。」

「志翔，你……」夏若迪苦起臉來，心中責怪兒子亂生事。

「啊？」宏岳好驚訝，完全沒想到有這記回馬槍。

美華站出來助威：「沒錯，破壞私人財物，理當賠償。」

警察下車，詳細問了來龍去脈，然後點頭說：「有道理，應該賠償。這個瓶子多少錢？」

夏若迪說：「不用了啦！那個舊花瓶，其實才……」

志翔搶話：「要，一定要賠，但是我不要你的錢，你用身上那條項鍊來抵就好。」

大家聽了都往宏岳的胸口看去，那是一條串著兩顆銀色子彈吊飾的項鍊。

「不！」宏岳伸手護著它，不肯拿下來。

警察凝視兩方人馬，雙方僵持著，不知如何排解。

「好吧！沒關係。」志翔故作輕鬆，「你聽過這兩顆子彈的故事嗎？」

「胡扯！」宏岳誇張的叫說：「我們又不認識，你怎麼會知道我的項鍊有什麼故事？」

「別急，如果你願意聽我說完這兩顆子彈的故事，你不必賠錢，也不必給我項鍊，我們一筆勾銷。」

「好啊！你說，我就看你怎麼瞎掰！」宏岳翻個白眼，雙手抱胸。

志翔看看大家，開始說：「關於這兩顆子彈，得從一個名字跟『子彈』同名的學生，開始說起……

◇ ◇ ◇

「十一號，郭……慶記？」班導師的聲音忽然拉高，也變小。

「有。」

「慶記？」導師抬起頭，撐高眼鏡，認真的看著他。「呵！這名字有趣了。你爸爸是軍事迷嗎？怎麼沒取個郭大炮、郭坦克之類的？」

「哈哈哈……」同學們的笑聲混著好奇和輕蔑。

高一新生訓練的第一天，郭慶記在點名時努力忍著不悅，壓抑胸口那股不平之氣，只因他的名字和「子彈」的臺語同音。

類似的情形層出不窮，他早就有心理準備，只是沒料到新導師竟然添油加料，害他加倍尷尬。

真的要聽從姑姑的建議去改名嗎？不，那不正好表現出屈服、退縮、逃避？那可是弱者、懦夫的表現。這是命中注定的一個功課，他相信自己一定能打敗它。

可是，打敗什麼？打敗自己的在乎？變得不以為意？還是打敗別人，叫他們閉嘴、停止取笑？有辦法嗎？

每當此刻，郭慶記心裡就莫名的翻滾著沉沉的悶氣。

下課時，有個大個兒跟在他後面，嘻笑嚷嚷：「慶記，慶記耶！砰——」大個兒還用手指比了開槍的模樣，然後嘟嘴吹熄槍管。

慶記不想理會，逕自往操場走去。

大個兒繼續挑釁：「郭慶記，不要跑，我不只送你一桶汽油和一枝番仔火，我還要送你一顆『慶記』。砰——砰——」

不能再閃了，慶記心想，如果高中生涯的第一天就被人吃死死，那麼往後的日子該怎麼熬下去？

他皺起臉，握緊拳頭，猛回頭朝大個兒奮力出擊。大個兒的下巴遭受重擊，身體歪斜，差點兒跌倒。

「可惡！」大個兒回身，一把鉤住慶記的脖子。

慶記努力掙脫，朝大個兒的手臂又是一拳。大個兒出腳將他撂倒，他及時拉大個兒下地，兩個人扭打成一團。

同學們圍過來看熱鬧，很快的，有人去報告導師。

「嚴寬和，郭慶記，站起來。」導師大吼制止。

兩人停止打架，默默聽導師的疲勞轟炸在耳朵邊轟轟作響。

他沒有任何辯解，也沒去分辨那些耳邊的涼風，只是展現出更凶暴的野狼姿態，惡狠狠的瞪著那個嚴寬和。

校規規定打架記小過，但導師網開一面，說：「看在還沒正式開學的份上，這次就原諒你們，希望你們記取教訓，不要再犯啊！」

「謝謝老師。」

嚴寬和低頭感激，慶記卻是不發一語，抬頭跨步離去。

相較於嚴寬和下巴紅腫，慶記臉上有淤青，脖子有勒痕，背部有抓傷，很明顯的，這場架他是輸家。

他憤恨不平，當晚就到士林夜市買了一條子彈造型的銀飾項鍊，把一顆子彈掛在脖子上，刻意宣告他的「不在乎」。但其實他心想，如果擁有真的槍彈就好了，誰敢惹我，只要掏出來秀一秀，必叫敵人嚇得肝膽俱裂，下跪求饒。

一向很疼慶記的姑姑，去年在臺東旅遊時交了一個黑道的男友，後來甚至搬到臺東跟對方同居。今年過年，姑姑回家團圓，無意間向媽媽透露這消息，馬上引發一場風暴。

「你們不懂，他是個很講義氣的人。」姑姑辯駁。

「他靠什麼吃飯？賣毒品嗎？」阿嬤生氣的問。

「他有一家公司，專門幫人收帳款。」

「那不是暴力討債集團嗎？」阿公不屑的說，「真夭壽！」

「那是替天行道。」姑姑極力解釋，「欠債還錢，天經地義，但是很多人故意賴債，他幫苦主討回公道，有什麼不對？」

「算了吧！妹妹，天底下好男人多得很。」爸爸說。

「是啊！我請人幫你介紹新的男朋友吧！」媽媽說。

爸媽苦勸，阿公強力阻擋，阿嬤甚至不讓姑姑回去臺東。

「姑姑，我支持你，黑社會的人最重義氣，電視劇都是這樣，電影《艋舺》也是。」慶記偷偷說。

姑姑笑說：「不全都這樣，戲劇有真有假，不過阿撇對我是真心的。慶記，謝謝你……」

對於那些反對意見，姑姑無力反駁，最後只能趁機脫逃。

家人很傷腦筋，慶記卻心生嚮往，想一睹黑道大哥的風采。尤其在嚴寬和這件事之後，他決定起而行。

開學後的一個週休二日，他騙家人跟同學去墾丁玩，實際上是聯絡了姑姑，到臺東去找她。

「歡迎，歡迎。慶記，只有你挺我，你跟阿撇一樣有情有義，我沒有白疼你。」姑姑在電話那頭感動的說。

慶記搭了高鐵南下高雄，再轉搭南迴鐵路往臺東。沿路依山傍海，太平洋由淺而深分成許多不同的藍色，層層連接天際，美景無限，帶領人們穿越虛偽的現代都會，前往真樸的野性天地。

滿懷著期待，慶記終於抵達臺東。姑姑和男友阿撇開車來接他，那是一輛黑色賓士，十分豪華。

姑姑衝過來熱情擁抱，笑得合不攏嘴，慶記很驚訝，因為從小到大，姑姑是個拘謹害羞的女人，她似乎在這裡尋到了天堂。

阿撇站在車頭旁，身材高壯魁梧，穿著休閒，戴了一副太陽眼鏡，嚼檳榔又抽菸，看起來威嚴帥氣。

慶記壓抑著興奮和崇拜的心，過去打招呼：「阿撇叔叔好。」

「嗯！」

阿撇簡單一句，不囉唆，反而博得慶記的敬畏。

「你要叫他姑丈也可以，呵！」姑姑俏皮的往阿撇深情一望。

「姑丈。」慶記開心的說。

阿撇沒回話，嘴角一勾，下巴一揚，逕自往車子走去。

真是帥啊！酷斃了！慶記仰慕極了。

「上車吧！」姑姑說。

「等一下。」

第一次坐賓士那麼高級的車子，慶記興奮的繞著車身看了一會兒，卻覺得怪怪的，怎麼車子沒有掛車牌？他狐疑的到車前車後都再看一下，確實沒有車牌。

「這一輛要多少……」話到一半，慶記住嘴了。

「一輛多少錢嗎?三百多萬吧!」姑姑說,「你還想知道什麼?」

「沒有,沒事了。」慶記趕緊閉嘴上車。

據說真正的大哥不會把錢看在眼裡,因此他覺得在大哥面前應該冷靜,不要開口閉口都是錢,免得被人看輕取笑了。同樣的,不能一直偷看人家,不然很快就會被偶像發現,使自己變成失去自我的小粉絲,那也很丟臉。

他努力克制住所有的興奮與好奇,把視線放到窗外綺麗的風景。

「肚子餓了嗎?有沒有想去哪裡玩?你回去會跟他們說你來找我嗎?阿公知道了一定會氣死的……」

一路都是姑姑問東問西,炒熱氣氛,慶記都簡短回答,儘量沒有情緒,他不想被阿撇看成一個毛頭小子。

阿撇請他去餐廳,桌上擺滿龍蝦、鮑魚、干貝、烏魚子……,這些高檔的食材。

付帳時阿撇更是掏出十張千元大鈔，闊氣的說：「不用找了。」櫃臺小姐驚喜之餘，連忙九十度鞠躬，恭送他們到門口。

晚上去ＫＴＶ唱歌，阿撇打電話約兄弟來同樂。

阿撇先喝一杯威士忌，唱了兩首歌，然後就要餵慶記喝酒。慶記遲疑了，又被姑姑擋下，她對阿撇說：「他還沒十八歲，別給他喝酒。」姑姑點果汁給他喝，阿撇自己舉起酒瓶，豪邁狂飲。慶記雖然沒喝酒，看著阿撇的好氣魄卻也有點茫茫然。

不久一幫兄弟進來。

「撇哥！撇哥！」大家向阿撇鞠躬致敬。

「來！這我家的小朋友，叫做……叫做……」阿撇轉頭看姑姑，「阿記是嗎？」

姑姑點點頭，幫每個人倒滿杯。

眾兄弟一擁而上，舉杯對慶記說：「阿記弟弟，歡迎你。」

慶記咧著嘴，呆呆的舉起柳橙汁回禮，整個人卻飄上了雲端。

阿撇先打通關，七杯黃湯下肚，一張臉漲成豬肝色。

「哇！撇哥好酒量。」有人大聲歌頌。

阿撇一高興，又喝了一個公杯。接著就聽見大家「撇哥」、「撇哥」的誇讚他海量，阿撇神氣極了。

有人點歌來唱，有人自願伴舞，有人拍搖鈴起鬨，其他的划拳助興，包廂內喧鬧無比。

「十五……十……沒有……」

阿撇說：「大家儘量玩，儘量吃，儘量喝。」

「哇！」慶記讚嘆，這就是大哥的風範啊！回去一定要好好炫耀一番給同學知道。心裡又得意的想，有個黑道老大當靠山，又有一幫兄弟保護，從今而後，再沒人敢欺負我了吧！

唱完歌，一群人步出ＫＴＶ，有人開車來接他們，是一輛嶄新的紅色法拉利。

「……」慶記佩服得說不出話。

他又繞著車子欣賞一番，只是這輛法拉利跟之前的賓士一樣，也沒有掛車牌。

回到阿擲家，是一般三房兩廳的公寓，屋子沒有什麼裝潢，只有簡單家具和兩箱泡麵。

慶記又想，老大總是這樣的，對小弟海派，自己隨便就好，真是令人欽佩啊！

姑姑剛才也喝了不少酒，精神疲憊，但她強打精神，招呼慶記去洗澡，並整理客房給他睡。

慶記在外面玩了一整天，簡單梳洗完畢，一躺上床便呼呼大睡了。睡到半夜，慶記尿急起來上廁所。正好阿撇酒醒，也到客廳喝水。

慶記從廁所出來時，阿撇招手說：「來，你過來。」

慶記揉著矇矇睡眼，坐到沙發上。

阿撇指著他胸口上的子彈項鍊，笑說：「哈哈！你叫做『慶記』，你有沒有看過真正的『慶記』？子彈啦！」

慶記搖頭。

「我拿真槍給你玩。」

慶記搔搔腦勺，懷疑自己聽錯了。

阿撇帶他去房間，姑姑在床上睡得正香，完全不知他們的動靜。

阿撇從櫃子裡拿出一把手槍。

「哇塞！是真的耶！」慶記睜大眼睛，忍不住讚嘆。

那把槍有著吸引人的深黑色魅力，慶記接過去，彷彿接過一塊沉甸甸的金磚，不敢高舉，也不敢鬆手，而是如獲珍寶的謹慎撫摸著。

阿撇把槍拿過去，扭開內膛，掉出一顆子彈。

他秀了一下子彈，再度裝回去，說：「小心，不要真的開槍喔！」

慶記縮起脖子，輕輕退了一步。

「呵——」阿撇打了個大呵欠，把槍塞回慶記手上，交代說：「我要睡了，你自己玩。等一下把槍放回櫃子裡，知道嗎？」

「好。」慶記恭敬的點頭。

阿撇上床，被子一蓋，隨即鼾睡了。

慶記舉起手槍，擺出瞄準姿態，對著黑色電視螢幕上自己的倒影比劃起來。他一會兒想像自己是勇猛的西部牛仔，一會兒又幻想是正義化身的警長，正要對歹徒處以極刑。

忽然，他想到嚴寬和……

「砰砰砰！」

他輕叫三聲，然後作勢吹熄槍口的白煙，對自己消滅了可惡的敵人感到得意。

玩了老半天他累了，躡手躡腳的把槍放回櫃子，再回房繼續睡覺。

隔天一早，朦朧中聽見姑姑的聲音從隔壁傳來：「你快起來，慶記要早點搭火車回去，否則到家會太晚，你快起來載他去車站。」

接著是阿撇的聲音：「車子……還給黑鷹老大了……」阿撇似乎酒精未退，說話都吃力。

「騎機車啊！」

「喔……」

過了一會兒，姑姑來叫慶記起床。

「你得早點去高雄轉車，要不然到家會太晚，明天還要上課，是不是？」

「嗯！」慶記點點頭，起來盥洗。

姑姑從樓下買來燒餅油條，慶記匆匆吃下，姑姑又塞給他兩千塊當車錢。不久，阿撇皺著眉頭，一手揉太陽穴，一手拿鑰匙，睡眼惺忪的出現在他面前。

阿撇騎上摩托車，載慶記往火車站出發。

阿撇似乎精神不濟，頻頻打呵欠，有時龍頭沒掌穩，轉彎時車子搖晃，有時沒事亂煞車。慶記坐在後頭膽顫心驚，頻頻叫著：「姑丈！姑丈！」

阿撇回神，說：「姑丈只是叫好玩的，你阿公阿嬤不可能讓我們結婚。我也不敢娶你姑姑，她跟著我們『迌迌人』是沒前途的。」

說完一陣沉默，阿撇宿醉恍惚，車速變得好快。

經過一個十字路口時，阿撇沒注意闖了紅燈，慶記看見有團黑影從右前方冒出來，驚聲尖叫：「煞車！煞車！」

阿撇驚醒猛然煞車，但還是來不及，撞上了私家轎車的後車門，兩人摔倒在地。

慶記沒事，阿撇小腿擦傷流血，轎車倒是安然無恙。

阿撇指著前門大吼：「出來！賠我醫藥費，出來！」

駕駛下車，是一個穿制服的中年男子，無辜的說：「是你來撞我的。」

「你敢對我大小聲？你不要命了。」看對方穿著警衛的服裝，阿撇輕蔑的問：「你是哪個大樓的警衛仔？」

對方不慌不忙的說：「我是泰源監獄的駐衛警。」

「真的假的？」

對方掏出證件給阿撇看。

「啊！」阿撇全身一抖，急忙咧嘴哈腰：「哈哈！大哥，失禮，失禮，泰源裡面有我的兄弟，麻煩多多照顧。」

「你要我賠多少？」

「不必了，不必了。」阿撇牽起機車，示意慶記快走。

慶記好錯愕，羞得耳根子都熱了。

他們再度騎上機車，沿途沒有人講話，只有呼呼的風聲。

到了火車站，慶記揮手道別，眼睛卻不看著阿撇。

搭上火車之後，一樣的山連海，一樣的海連天，他卻望著車廂地板發呆。

怎麼會這樣？剛才的場景是一場夢嗎？他的偶像，他的英雄，怎麼突然變成一頭狗熊？這叫他如何相信？如何接受⋯⋯

半年後，姑姑逃回臺北，家人都很詫異。

面對長輩們的連番追問，姑姑只說跟男朋友分手了，不想再過那樣怪誕的日子云云，討得了大家的安心。但姑姑偷偷對慶記說，事實是阿撇入監了，她失去經濟依靠，只好回臺北依親。

慶記說出悶在心裡很久的疑問：「為什麼阿撇的賓士和法拉利都沒有掛車牌？」

「那是為了處理江湖事方便，不要讓人記下車號，尤其是警方。」姑姑說。

「江湖事是不是報紙和新聞說的那種走私、討債、恐嚇之類的⋯⋯」

姑姑怔怔的點頭。

說到阿撇真正入獄的原因，原來是其他角頭的小弟去告密，說阿撇擁有槍彈。有一天警察帶搜索票來家裡，查到了手槍，阿撇因違反槍炮彈藥管制條例，被關進監牢。本來要關三年的，幸好沒查到子彈，減輕了一年刑期。

「啊！」慶記的嘴巴差點合不起來。

回想起那一天，他在火車上恍恍惚惚的，到了高雄忘了去轉乘高鐵，一路在火車裡落寞的搖晃回臺北。

而就在他步出臺北車站的出口前，他把身上的項鍊和偷來的子彈，一起扔進了廁所的垃圾桶……

◇ ◇ ◇

宏岳聽完故事之後，低頭眨了眨眼睛。

「怎麼樣？」美華問他，「好聽嗎？」

「什麼好不好聽？我根本沒在聽。」他挺胸撐起冷漠的表情，翹起下巴說：「說完了嗎？」

「我說完了，你可以走了。」志翔微微一笑。

刺青哥說：「少跟他囉唆，我都聽到快睡著了。趕快把錢交給賴桑，然後領紅包去吃牛排，走！」

兩人快步離開，警察看沒事了，也跨上機車騎走。

望著他們的背影，盧彥勛感嘆說：「唉！這孩子的媽媽是我老婆的姊姊。孩子也是可憐，他從小爸媽離婚，監護權歸爸爸，但是爸爸忙於工作，只好把他送去臺中老家，請他阿嬤照顧。」

「隔代教養？」夏若迪回應。

「沒錯，他小時候很乖的，後來阿嬤過世，被爸爸接回臺北住，媽媽就近時常來看他，可憐的是國中時媽媽生病過世了，他就開始變得不愛講話。」盧彥勛傷感的說，「高三的時候交到壞朋友，成了中輟生，快一年沒上學了，讀的也是山水高中，算起來還是志翔的學長呢。唉！想不到現在當上討債小弟，這怎麼得了！這件事我一定要跟他爸爸說。」

「對了，」夏若迪問志翔：「那些錢是怎麼來的？」

志翔還沒開口，美華就哇啦哇啦，眉飛色舞的宣揚志翔在拍賣會的豐功偉績，兩個舊貨攤老闆聽得讚佩不已。

志翔把剩下的錢都交給爸爸。

盧彥勛忙想起手上的書，趕快遞上去。志翔捧著新書，雀躍不已。

這時一個老先生提著一包東西，失魂落魄的走過來問：「有沒有賣鋁盆？」

「沒有。」夏若迪回答。

志翔看見老先生手上那包東西黑鼓鼓的。

「嘿！這不是崑濱伯嗎？」盧彥勛問，「你需要臉盆嗎？」

「是啊！是盧老闆喔，你有賣嗎？鐵的也好。」

「臉盆這種舊貨一般都當垃圾丟掉了，沒人在收的，你乾脆去五金行買新的比較快。」盧彥勛說。

崑濱伯點點頭，默默的離開。

盧彥勛對夏若迪說：「我以前跟崑濱伯收過舊貨，他們家在鄉下的三合院有許多老東西，聽說前幾年田產和房地都被縣政府強制徵收，才流浪到市區打零工。」

夏若迪說：「政府為了建設，多少會犧牲一些老百姓的權益。」

「不！你不知道，這裡面很黑暗啦！」盧彥勛又說，「政府用低價徵收土地，又低價讓財團來開發，假借工業區用地，其實後來都變更為住宅用地，蓋豪宅來賣錢，一翻十幾倍，獲利上百億，說穿了就是官商勾結在分贓。」

志翔一聽，腦中如雷一閃，急忙說：「美華，你快去超商買一杯熱咖啡回來。」

「誰要喝咖啡？」

美華問完卻沒聽到回答，因為志翔已經把新書放在躺椅上，匆匆跑走。

第二話

油桐花咖啡杯

「我該回去顧攤子了，離開太久了。」盧彥勛說。

「盧老大，剛才真感謝你。」夏若迪說。

「哪裡，沒幫上什麼忙，倒是你不用煩惱，志翔那麼會做生意，很快就能幫你還清債務了。有需要我的話，不要客氣，儘管開口。」

盧彥勛說完便離去。

美華依照吩咐，跑去超商買來一杯熱咖啡。

她說：「夏伯伯，請喝咖啡。」

「我不喝咖啡的。」

美華一愣，環顧四周，疑惑的問：「奇怪？那志翔叫我去買，是要給誰喝啊？他又跑去哪裡了？」

不久，志翔拉著一個人往攤子走回來，仔細一看，竟是剛才那位崑濱伯。

只見崑濱伯腳步移動但一直想掙脫志翔的手，不情願的說：「放開我，年輕人，你到底要做什麼？」

「崑濱伯，跟我來，我拿一個咖啡杯給你看。」

「亂來，我要買的是臉盆，不是咖啡杯。」

「這個杯子很有趣，你一定會喜歡。」

「不要給我亂推銷東西，我不會買的。」

兩人拉拉扯扯，還是回到夏若迪的舊貨攤。

崑濱伯還是說：「我不想看什麼咖啡杯。」

「其實，我只是想請你喝杯咖啡。」

志翔望美華一眼，美華會意，「喔！」一聲遞上咖啡。

夏若迪看兒子這些舉動，搞不懂他要做什麼，但想到崑濱伯被強徵房地田產，覺得同是天涯淪落人，就趕緊把折疊椅拿過來，說：「崑濱伯，這裡坐。」

崑濱伯還有戒心，遲遲不願坐下。

志翔從攤子上拿起一組咖啡杯盤，說：「這個咖啡杯是一樁離奇死亡案件的證物，跟一個強徵民地，官商勾結的黑心縣長有關喔！」

「喔？」崑濱伯一聽，終於卸下心防坐下來，接過美華的熱咖啡。「我就是被縣政府搶了房地田產，害我現在家破人亡，流落街頭。」

夏若迪問：「不是有發補助金嗎？」

「兩甲田和三間紅瓦厝，只賠我兩百五十萬。這麼少錢我怎麼買得起新房子，我和我老婆、兒子只好到都市來租房子，找散工做。」崑濱伯喝下一口咖啡。

夏若迪到車上拿出餅乾，請崑濱伯吃。

他揮手又說：「我兒子當建築工人，一個月有十多天可以賺到錢，但是很難存錢，結婚生子是不用想了。我是撿資源回收，多多少少貼補一點，可憐的是我老婆，兩個星期前癌症過世了，死之前嘴巴還唸著我們的三合院和田地。她以前身體很健康，三合院被徵收之後變得非常鬱悶，每天愁眉苦臉，吃不下睡不著，很快就身體不舒服，每天這裡病那裡痛的……嗚……」

崑濱伯哽咽起來，接著老淚縱橫，低頭號哭：「嗚……我可憐的老婆啊，你等我一下，我就去跟你作伴嘍……嗚……」

氣氛低沉，美華也跟著掉眼淚，夏若迪連忙勸說：「崑濱伯，你不要太悲傷，藥師佛會賜你太太仙丹，她已經沒有病痛了啦！」

「崑濱伯你看。」志翔展示手上的咖啡杯盤，刻意轉移話題。「這上面的花色漂不漂亮？」

崑濱伯抬頭，看見杯盤上的花朵，點頭說：「很美，這是什麼花？」

「這是油桐花，夏天開滿山，然後謝掉鋪滿地，好像六月雪。」志翔說。

「我知道油桐樹，以前摘取種籽來榨桐油，做紙傘時用來抹在紙面，防水用的。」崑濱伯解說。

志翔又說：「沒錯，現在變成桐花季的觀光主角了。」

志翔把油桐花杯盤交給爸爸，又給美華使個眼色，接著伸出雙手掐住自己的脖子，大叫一聲：「啊——」

夏若迪沒心理準備，嚇一跳，手上的杯子震了一下。

崑濱伯嚇得聳肩膀，結結巴巴說：「你怎麼……怎麼了？」

美華噗哧一笑，忙解釋說：「沒事啦！是他開始要講故事了。」

只見志翔仍然掐著脖子，張著銅鈴大眼，大喊著：「鬼……」

✤ ✤ ✤

「鬼……嗚……」縣長瞪大眼睛，雙手掐脖子，痛苦張嘴。「鬼……啊……」

他彈起來撞到桌子，桌上的水果蛋糕和咖啡杯盤都摔落地面。他嘴唇發黑，倒地掙扎。

隨扈慌張大叫：「快來人，縣長噎住了。」

三、五人一擁而上，死命的往他嘴裡挖，然後人工呼吸，心外按摩，又叫救護車。餐廳老闆、員工和工讀生都不知所措。

這家位在矮坡上的高級古典西餐廳，縣長常來喝下午茶，而就讀國小五年級的少年偵探柯男，這天正好目睹這一切。

他離開同桌的小女孩瑞美，好奇的溜進吧臺後面，又在餐廳裡繞一圈，走到門口眺望對面丘陵的果園。

果園裡是一片橙黃橘綠的美麗景象。在這秋末冬初的好天氣裡，陽光普照，怎麼發生這麼悽慘的事呢？柯男嘆了一口氣。

不久救護車來了，還帶來一位醫生，大家拚命搶救，仍然急救無效。

隨扈把縣長日常服用的慢性病藥物拿給醫生看。

醫生接過來，疑惑的說：「贊安諾、心康樂、脈優，這些是鎮定劑、心律不整和降血壓的藥，縣長中餐後有吃嗎？」

「都吃了。」隨扈認真回話。

醫生又問：「縣長這些毛病並不適合喝咖啡、茶這些刺激物。」

「醫生，縣長自己也知道，可是他有咖啡癮，每天少不了要喝一杯，然後吃藥控制著。如此這般也好幾年了，從來沒出問題。」

醫生也疑惑：「他這幾天有比較勞累嗎？」

「沒有啊！他休了三天假，今天才上班，早上去視察果園徵收的業務進度，下午來這裡休息。」

「那就怪了。」

救護車離去後，警車緊接著趕到。

警察封鎖現場，採集蛋糕、咖啡液，也將那組油桐花圖案的咖啡杯盤，用塑膠夾鍊袋包起來，準備帶走。

警察同時盤查在場的人並做筆錄，首先查問的對象是餐廳老闆。

「蛋糕是誰端來的？」

「是我。」老闆說：「因為客人是縣長，又是我們餐廳的大股東，所以我親自服務。」

「咖啡呢？」

「也是我端來的。」

「還有誰碰過這兩樣東西？」

老闆說：「蛋糕是我在冰櫃拿出來的，咖啡的話，是雅婷煮的，她是工讀生，才來不久，不過很會煮咖啡。」

警察轉問雅婷：「你看到的情況是怎樣？」

雅婷似乎受驚不小，戰戰兢兢的說：「那時我準備去收拾另一桌的餐具，突然聽見縣長大叫一聲，然後我抬頭，就看到他掐著自己的脖子，站起來撞倒蛋糕和咖啡，然後倒在地上。」

警察再問正式員工冠宏和慧君，接著是另外一個工讀生廷宇。

冠宏和慧君是廚師，兩人在廚房裡備餐，沒有親眼見到事發現況。廷宇負責端盤子，他的說詞跟雅婷如出一轍。

警察又問客人，在場有七個大人，五個女人，兩個男人。

不知是不是怕麻煩，他們都說沒有留意，也都是聽到縣長大叫，才轉頭看見情況。

輪到柯男，他說：「我的同學瑞美是老闆的女兒，我放學後都來這裡跟她一起寫功課，等我媽五點下班來接我。而我看見的，跟大家都差不多。」

警察看老闆，老闆點頭說：「柯男的媽媽是我的好朋友，我們講好，讓柯男每天來這邊，直到媽媽下班來接他。」

為了慎重起見，警察在各處拍照存證，並且又拿了一些咖啡粉，連同其他證物一同帶回去檢驗。

警車離開後，客人們開始竊竊私語。

「剛剛縣長好像有喊『鬼』？」

「早就聽說他被惡鬼纏上了。」

「你是指私人山坡地被他強徵之後，憂憤自殺的那個原地主？」

「不然還有誰？我看真的是見鬼了，上次雜誌都報了，高鐵跳電半路停駛那一次，他正好也在車上，嚇得躲進廁所不敢出來。」

「那跟鬼有什麼關係？」

「他自己說是擔心後面來車會高速追撞，因此躲進廁所比較安全。但隨扈向記者透露，縣長當時的表情像是見到鬼。」

「鬼在追他？」停了一下，那個人又說，「他剛到餐廳時有去洗手間，我正好也去上廁所，看到他不停的洗手，洗了又洗，他是不是有潔癖？」

「做那麼多沒天理的事，怎麼也洗不乾淨啦！用金盆來洗也沒用。」

「你不知道嗎？那些徵收來的山坡地，名義上要規劃生態園區，其實是要賣給建商蓋花園別墅的，一轉手縣政府就賺好幾億。」

「然後建商蓋好房子，一轉手又賺好幾億。」

「什麼好幾億？是十幾億，幾十億。」

「聽說都有暗盤交易，建商還是他自己的親戚，搞不好他也是股東。」

「八成是有利益糾紛，髒錢擺不平，食物被下毒。」

「噓！別亂講。」

最後兩句對話音量壓得特別低，但全聽在柯男的耳朵裡。

幾天後檢驗結果出來，蛋糕和咖啡都無毒，咖啡杯緣也沒有毒物反應，縣長是異物梗塞呼吸道，單純意外死亡。

但新聞報導之後，冤鬼討命之說甚囂塵上。

柯男看了新聞斬釘截鐵的對自己說：「原因絕對不是這麼單純。」

幾天後，警察返回餐廳，歸還油桐花咖啡杯盤。

柯男問老闆：「這組杯盤從桌子上掉下去，為什麼沒有摔破？」

「這是高級的骨瓷，瓷胎的材質裡含有高度的牛骨成分，硬度很高，比起一般的瓷器更堅固耐用。」老闆得意的說明，「加上地板鋪了地毯，大概因此減低了撞擊力吧！」

「原來如此。」柯男又問：「這組咖啡杯還會給其他客人使用嗎？」

「當然不妥。萬一有客人知道了，心中還存有縣長暴斃的陰影，這樣會影響本店聲譽的。」

「我心裡沒有陰影，可不可以送給我？」

「好啊！你想要就拿去用。」

「謝謝伯伯。」

柯男開心的接收了。

但其實民眾不但不怕，反而蜂擁來餐廳消費參觀。每天都有一批又一批的客人好奇前來，看看這位極具爭議的縣長離奇死亡之所。

原本老闆還想歇業兩週，請法師來驅邪作法，等這新聞過去了再恢復營業，但看來是完全不需要了。

客人川流不息，柯男和瑞美只好移到旁邊的小庫房寫功課。

隔天，他把那個咖啡杯拿來盛果汁，就放在和瑞美一起寫功課的餐桌上，渴的時候就用嘴脣沾一下，想到的時候也用舌頭舔一下。

工讀生雅婷看見了，打趣說：「柯男小朋友，你比那些貴婦還高級耶！居然用那麼漂亮的咖啡杯喝果汁。」

柯男故意瞥了雅婷一眼，炫耀說：「這是死亡縣長生前最後舔過的杯子呢！」

雅婷拉下臉，即刻走開。

其他店員看見了，也會過來虧他兩句，說他太會享受，愛學大人什麼的。柯男同樣回他們：「這是死亡縣長生前最後舔過的杯子呢！」

有人大笑，有人表情詭異，還有人說：「怎麼沒拿去給縣長陪葬呢？」

瑞美聽得不耐煩，嘟著嘴說：「你好噁心，死人用過的，你也撿來用，還到處跟人家說。」

「我噁心？你才無聊咧！縣長用來喝咖啡時又還不是死人。」柯男辯駁，「而且我有認真用洗碗精洗過三次，很乾淨的。」

「哼！強詞奪理，我要趕快寫功課，不想理你。」

柯男呵呵笑，也認真寫功課。

寫完功課之後，他到櫃臺點了一個水果蛋糕。

柯男接過蛋糕後並沒有吃，而是把蛋糕放進一個透明塑膠袋中，再拿進小庫房，擺在窗邊。很快的，有東西跑進塑膠袋裡。

柯男把袋口封緊，又拿去給工讀生雅婷：「我要外帶，請幫我冰在冰櫃裡。記得，冰櫃要關緊喔！」

「這還要你提醒啊？」雅婷笑著說。

下午四點，餐廳人潮散去，老闆和員工急忙收拾東西，趕在五點晚餐時間前復原一切。

四點五十分，柯男收拾好書包向瑞美道別。

他走向吧臺和雅婷拿到蛋糕，然後放在吧臺上，打開塑膠袋。

「不是說帶走嗎？怎麼又要吃了？」雅婷好奇問他。

「不，我沒有要吃。我只是要告訴你，咳咳！」他故意清了清喉嚨。

「雅婷姐姐，其實，你不必擔心突然離職會引起警察的注意。」

「你說什麼？我聽不懂。」雅婷說，表情有點緊張。

「其實我都知道了，你用雙倍的咖啡粉泡濃縮咖啡，用高濃度的咖啡因誘發縣長心律不整。你為了做這件事，事發的十天前才來打工，事成之後想離開卻怕被懷疑，不敢突然離職。」

「我……」

「那時你嚇呆了，忘了及時倒掉咖啡渣，我都看見了。」

雅婷張大嘴巴，啞口無言。

柯男指著蛋糕上的草莓，又說：「老闆一定選了草莓最大顆的蛋糕給縣長吃，卻害他在心律不整時噎住了。接著隨扈急救失當，本來應該用哈姆立克急救法才對，而不是往嘴巴裡挖，那樣只會讓草莓更往裡頭塞，等於間接害死縣長。」

「你……」雅婷驚訝得說不出話。

柯男又說：「你懂點醫學，因此用這種方法來復仇？」

雅婷深深吸一口氣，坦率的說：「沒錯！我是藥學系的學生，特地休學來報仇。我的外公就是自殺的地主，對面的果園原本是外公的，被那個狗官搶走了。」

「你這個方法真不錯，就算被發現，也只能說是無心之過，根本不能算過失殺人，你完全可以逃避刑責，殺人於無形。」

「哼！我查了很多縣長的報導，知道他有高血壓、心悸、強迫症，想不到一杯咖啡就要了他的狗命，呵！死有餘辜。」

「咖啡因的效力雖然大，但他之前有吃藥了，應該不會那麼嚴重，事實上是潔癖害了他。」

「隨便。如果你想告發我那請便，我會認罪。」

「不，我剛剛說過了，這不是殺人，連過失殺人都不是。而且凶手不是你，另有其人。」

「什麼？」雅婷錯愕又困惑，「是誰？」

「冰櫃常常沒關緊，有東西跑進去。縣長最後不是喊了一聲『鬼』嗎？其實他說的不是『鬼』，而是……」

「雅婷！別跟柯男閒扯，晚餐時間到了，快去開門。」老闆嚷嚷。

「喔！」雅婷應聲要走。

「等等。」柯男抓住她的手，「你看蛋糕。」

雅婷低頭，看見蛋糕上有好幾個芝麻大的褐色小點點。

這些小點點從回溫的草莓、鳳梨、奇異果上甦醒，然後悠悠晃晃的飛出塑膠袋……

◇ ◇ ◇

崑濱伯聽完故事猛然抬起頭，雙眼圓睜彷彿燃燒著火焰，咬牙切齒的說：「沒良心的縣長，不只貪公家的錢，還吞掉百姓的財產，害我家破人亡。我詛咒他不得好死，還要去閻羅王那兒告狀，請求冥旨，讓他全身長滿毒蟲，全身爛光光……」

聽起來，崑濱伯以為是自殺者化成冤鬼來索命，激動的堅定了報仇的決心。

「不，不，不是這樣的……」美華猛揮手，「崑濱伯，害死黑心縣長的不是鬼，是『果蠅』。」

「果蠅？」崑濱伯一臉困惑。

夏若迪拍大腿說：「啊！我懂了，縣長一開始就說了，但說的不是『鬼』這個字，而是『果蠅』。只是因為他喉嚨哽住了，嘴巴裡塞滿食物，導致發音不清楚，聽起來像是『鬼』。」

美華轉頭問志翔：「我說的沒錯吧？」

志翔點頭說：「沒有錯，但說實在的，他是被自己害死的。他做了那麼多虧心事，晚上睡不好覺，平常緊張兮兮，自然身體不好。正所謂『多行不義必自斃』。」

美華也說：「對呀！善有善報，惡有惡報，不是不報，時候未到。」

志翔又說：「所以說，那種人自然有天公伯去解決他，崑濱伯你要好好活下去，不該為這種黑心人去死，那太不值得了。」

「唉……」崑濱伯長長的嘆了一口氣，然後打開袋子，秀出裡面的木炭。「我本來是想燒炭自殺的，現在，唉……」

「千萬不可啊！」夏若迪說：「來，喝口咖啡，吃個餅乾，不要想那麼多了。」

崑濱伯放鬆的靠在椅背上，伸手去拿餅乾，然後配咖啡吃。

「這一組咖啡杯賣多少錢？」崑濱伯說，「我買回去，看著它，就當作縣長已經死了。」

夏若迪搖頭：「不，這不用錢，送給你，你帶回去。」

「這不行，我不能白白拿你的東西，」他看看腳邊的木炭，說：「不然，我用這包木炭跟你交換。」

「好啊！」夏若迪歡喜接受。

「這樣，你們也不必擔心我會做傻事了。呵呵！」崑濱伯笑著。

他又吃了兩片餅乾，喝完咖啡，然後拿起包好的油桐花杯盤，精神奕奕的離去。

美華問志翔：「你怎麼知道他想死啊？」

志翔回答：「我注意到那包木炭，還有他想買金屬材質的臉盆，加上你爸爸說崑濱伯被強徵房地的事，我猜八九不離十。」

夏若迪說：「志翔，救人一命，勝造七級浮屠。你今天做了一件大善事。」

美華說：「那這一包木炭怎麼辦？」

夏若迪說：「路口有家烤香腸的攤子，看起來也是辛苦人家，我拿去送給他。」

志翔笑說：「那真是功德圓滿啊！」

那一天過後，美華更加崇拜志翔，上學時，常常在下課時間跑去找志翔聊天。

同學都傳聞他們兩個在談戀愛，但志翔都清楚跟他們說，兩人只是好朋友。而美華那方面，也是這樣跟同學說的。

她還語重心長的說：「唉！夏志翔太厲害了，我根本配不上他。」

日子一天天過著，很快的到了臘月，快過年了。

附近年貨大街擠滿人潮，連著帶動舊貨市場的人氣大增。志翔家的生意不錯，而且客人都買得乾脆，不勞他掰故事。

英雄無用武之地，他只好抱著一堆書，無聊的翻著。

這一天上午，一對穿著高尚的夫妻經過前面，志翔聞到一股濃烈而優雅的香水味。

太太突然拉先生停下來，疑惑的問：「開心果買了嗎？還有核桃糕和春聯。」

先生說：「都在車上了吧！剛才在年貨大街逛那麼久了，不是都放上車子了嗎？」

「不一定。」

「你不是有列清單？什麼有買，什麼沒買，你會不知道？」先生一臉責備。

太太從口袋掏出一張紙，不高興的說：「這上面列了四十幾種東西，有些買了，有些還沒買，我怎麼可能全都記得。」

「誰叫你不拿枝筆記錄。」

「就會說風涼話，你怎麼不幫我登記？」

先生兩手一攤說：「是你說的，我負責賺錢，你負責花錢。」

太太瞪他一眼：「不行，現在就回去檢查。」

「何必呢？悠哉的逛完舊貨市場再回去看，不好嗎？」先生苦著臉，「走回停車場至少要擠三十分鐘。」

「要逛你自己逛，車鑰匙給我。」

「老婆，你又來了。」

「不管，鑰匙給我。」

「剛才鎖好車門時，你拿走了，你說給你保管才安心。」

「啊！對。」

她急忙打開高級手提包，東抓西抓。

「咦？鑰匙呢？怎麼沒有？怎麼沒有？」太太猛抬頭，滿臉驚恐。「糟糕！是不是掉了？是不是掉了？還是被人偷走了？」

她摸大衣口袋，又摸褲子口袋，整張臉都漲紅了。

「天哪！天哪！不會吧！我的天啊——」她驚慌大叫，暴跳起來。

第三話

理髮手推剪

太太歇斯底里的大叫：「鑰匙！鑰匙！鑰匙到底在哪裡？鑰匙到底在哪裡？喔！我的天啊——」

「我來。」先生輕聲說。

他一點兒都不著急，慢條斯理的拿走手提包。沒三秒鐘，一串鑰匙出現在他手上。「喏！你放在小口袋，只要拉開拉鍊就找到了，你卻那麼急躁。」

「喔！」太太鬆了一口氣，整個人卻幾乎癱軟。

「老婆，你放輕鬆好不好？」

「對了！」太太又警戒起來，「你剛剛下車有把車子鎖好嗎？」

「你放心，我有上了枴杖鎖。」

「不行，不行，我一定要親眼看見才安心。」太太又慌張的說，「剛剛不是要確認有什麼東西還沒買嗎？走，快走回車上。」

「不要緊張嘛！就算真的沒買到，我再去買就好了。」先生搖搖頭，輕嘆一聲說：「唉！老婆，你是不是該要吃……」

志翔忽然拿起攤位上一把理髮用的手推剪，自顧自的大聲說：「精神科醫生葉克謨，是公認最有耐心、醫術最高超的好醫生。」

「喔？」太太驚訝的轉向志翔，「在那家醫院？」

「臺大醫院。」志翔鄭重其事的說。

「他怎麼樣厲害？小弟弟。」太太急切的問。

「他的口碑非常好，治好許多病人的焦慮症、恐慌症、憂鬱症、強迫症，甚至是精神分裂症。」志翔話鋒一轉，「只可惜，他過世兩年了。」
「啊！」太太好失望。
志翔抓動那把手推剪：「這是他的遺物，也是他治療病人時最有效的工具。」
「怎麼可能？」太太不敢置信，「這不是男士理髮用的手推剪嗎？」
「哇！天下奇聞。」先生笑說。
太太說：「小弟弟，你倒是說說看，手推剪怎麼治病？」
「好，說起這手推剪的功力，得從理髮師林玉蘭說起。」
「什麼？」兩夫妻異口同聲，互看對方，只因又冒出了一個陌生的名字。

◇◇◇

這件事發生在四十年前的南部小鎮。

林玉蘭的父母是鄉下樸實的農夫，生養了七個兒女，林玉蘭排行第五。

她從小成績普普，國中一畢業，父母就送她到鎮上的男士理髮店「學師仔」，謀求一技之長，等過了十八歲，再幫她講個好人家嫁出去。

她和另一個女學徒阿娥同時拜師，都住在老闆家。老闆夫妻待人不錯，給她們一個大房間，一起睡大通鋪。

那時候當學徒都要三年四個月才能出師，從最簡單的跑腿、打雜、掃地、洗毛巾開始，慢慢才能幫客人洗頭、吹髮、掏耳朵、刮鬍、修面，到了最後一年才真正學剪髮。

這期間如果遇上客人少的時候，還要幫煮飯的老闆娘做家事，洗菜、洗碗、晾衣服，忙得不得了，只有吃完中飯睡午覺時，可以好好休息一小時。

「玉蘭，不是跟你講過，像這種深色的衣服要翻到背面才能丟進洗衣機，而且要和白色的衣服分開洗，否則白衣服會被染髒。你怎麼就是忘記呢？我看你還是去洗碗好了。」老闆娘不高興的說。

老闆也常說：「我說玉蘭啊！客人進門時你要點頭招呼說：『請坐，看報紙，看雜誌，稍等一下。』你怎麼總是呆呆的站在那裡？只會點頭傻笑呢？」

玉蘭學習力差，應對也慢，常常挨罵。

阿娥就不同，伶牙俐齒，動作敏捷。

「歡迎光臨，客人請坐。真不好意思，今天客人比較多，要辛苦你多等一下喔！這裡有報紙和雜誌，請隨便看，不然看電視也好啊！」

阿娥不只會講這些制式的客套話，還會跟客人閒話家常。

「大哥，你今天穿得很帥氣喔！我猜你的老婆一定也是個大美女。」

「唉唷！這位大帥哥，今天怎麼沒有帶你家的小帥哥一起來呀？」

阿娥也很會看眼色，很得老闆夫婦疼。因此掃地、洗菜、洗衣服、洗碗，這些粗重工作就全交給玉蘭去做，阿娥就待在店裡，幫忙款待客人。

一年半過去後，玉蘭還在幫人洗頭，阿娥已經可以幫客人修面、掏耳朵了。常常看她在客人耳朵邊甜言甜語，甚至打情罵俏，客人開心，老闆也點頭默許。

有一天玉蘭在洗菜，老闆娘忽然湊過來，在她耳邊低聲問：「最近櫃臺抽屜的銅板常常短少，你老實講，有沒有偷拿錢？」

玉蘭愣愣的說：「我、我不知道。」

「不知道什麼？」

「我不知道，你在說什麼？」玉蘭老實回答。

「我問你有沒有偷錢？」

「我沒有，我沒有。」玉蘭這次聽清楚了，急忙否認。

「手腳乾淨一點。」老闆娘口氣不悅，「要是被我發現，絕對不會放過你。」

「好。」玉蘭害怕，還有點無辜。

那天開始，玉蘭隨時都感受到一雙眼睛從四面八方緊盯著她不放。其實不只一雙眼睛，應該說是四顆眼睛，因為老闆的眼神也不時銳利的射過來，讓她心驚肉跳，很不自在。

一天午睡時，玉蘭因為經期來，十分疲倦，睡得很沉。半個多小時後，睡她左邊的阿娥起身上工了，她卻完全沒知覺，一直到老闆娘來叫人，才昏昏醒來。

「啊！果然就是你，還騙我說沒有。」老闆娘大叫，「可惡！你說，你偷多久了，一共拿了多少錢？」

老闆娘滿臉凶惡，玉蘭非常害怕，卻完全不懂她在說什麼。老闆娘氣呼呼在通鋪上撿起六個十元銅板，她還搞不清狀況。

那些銅板正落在她左腰旁邊二十公分處。

「你說，你偷多久了？」老闆娘擰她的耳朵。

「我沒有，我沒有。」她痛得流眼淚，慌亂搖頭。

老闆聞聲進來，拉下臉：「真是飼老鼠咬布袋。」

玉蘭不知怎麼辯白，只是默默搖頭抽泣。

從那一天開始，玉蘭的日子變得極為難熬，老闆跟老闆娘都沒給她好臉色，阿娥也時不時的對她頤指氣使，把她當成小妹使喚。

有一晚臨睡前，阿娥還笑她說：「拜託你好不好，跟客人講話的時候要笑一下，不要一張孝男臉，不對，是孝女白琴，哇哩咧，又不是在五子哭墓。」

玉蘭沒說什麼，她知道以阿娥優異的表現，確實是有資格數落她的。只是玉蘭不懂，那些錢為什麼會出現在她身旁？難道是阿娥故意栽贓她？

可是她說什麼也沒用了，有苦無處訴，不敢跟家人講，也不敢在人前哭泣，只好在洗澡時偷哭。人家問她為什麼眼睛紅腫，她就說是洗頭時不小心沾到洗髮精。

直到有一天，阿娥收了客人的一張百元鈔票，拿去放在抽屜時，被老闆發現掌心藏了一個銅板。這下人贓俱獲，無法抵賴，玉蘭才重見天日。

在老闆夫婦的逼問之下，原來，銅板都是阿娥偷的。而那一天通鋪上的銅板，阿娥也承認是她藏在右邊口袋，睡午覺時不小心掉出來的。

當阿娥發現玉蘭背了黑鍋，便順勢假扮正義的一方，但食髓知味的她，暗地裡還是繼續偷錢。

老闆通知阿娥的父母把人帶回去。

她的父母慌慌張張來店裡，千拜託萬拜託，賠了錢，也叫阿娥下跪道歉，才說動老闆繼續收留。

那時代非常重視學徒制度，凡是被逐出師門的人，等同人格掃地，沒人會聘用，名聲比臭雞蛋還臭，一輩子算是完蛋了。

望著夜裡哭泣的阿娥，玉蘭不知怎麼安慰她，就像她當初也不知怎麼安慰委屈的自己。雖然真相大白，但玉蘭已經萎縮的自尊和消失的自信，在後來的日子裡，也很難找回來了。

那時葉克謨才七歲，讀小學一年級，家裡開糕餅店，爸爸常帶他去那家理髮店光顧。

有一次爸爸理好頭，先回家做生意，留下他接續理髮。他個子矮，老闆在理髮椅上架洗衣板，讓他坐上去好配合老闆的身高。

他坐定後望向鏡子，發現在背後拿手推剪的人，是一位年輕的小阿姨。

老闆說：「今天這個就交給你了。」

只見小阿姨十分緊張，望著他的後腦勺猛吞口水。

他以為跟平常一樣，二十分鐘就能離開硬邦邦的「高架椅」，沒想到剪沒幾分鐘，小阿姨就緊張兮兮的跑去找老闆，老闆便過來指導一番。沒幾分鐘，小阿姨又找老闆，老闆再來修剪一下，就這樣來回不知幾十次，小阿姨滿頭大汗，臉色發白。

「小弟弟，別動，別動，不然會剪醜醜喔！」小阿姨怯生生的說。

葉克謨好想動，卻不斷被制止，他有時摸摸大腿，有時抓抓臉，感覺被人綑綁得好難受。他只能背注音符號打發時間，然後阿拉伯數字從一到一百，默唸了好多回，心中一直嘆氣。

他媽媽見他還沒回家，擔心的來找人。

老闆忙鞠躬說：「歹勢！歹勢！讓這『師仔』練一下。小弟弟很乖，不吵不鬧，非常乖。」

媽媽沒怪罪，反而客氣的說：「沒關係，慢慢練，儘量練。」

於是漫長的等待有如地老天荒，他足足當了三個半小時的白老鼠，最後在老闆的大整修之後才終於離開座椅，哭喪著臉回家。

「哇——」葉克謨回到家，號啕大哭。

媽媽抱過來安慰說：「幫助人家是好事嘛！也沒做什麼，坐著而已啊！我的阿謨最乖了。」

接著又哭了五分鐘。

那一次之後，葉克謨死都不肯去那家理髮店剪頭髮，只要爸爸說要去，他就哭鬧。頭髮長了，爸爸只好騎車騎遠一點，帶他去另一家理髮店給人剪。

兩年多後，葉克謨跟媽媽去市場買菜，一個年輕的女孩跑過來對他媽媽說：「老闆娘我出師了，在東村開了理髮店，歡迎過來坐坐。這位小弟半價優惠喔！」

葉克謨認出那是當年害他枯坐三個多小時的小阿姨，嚇得躲到媽媽背後。媽媽倒是聊了一會兒才認出來。

正好葉克謨頭髮長過耳朵了，媽媽買完菜想帶他過去修剪，但他心有餘悸，死也不肯。

「別擔心，人家出師了，而且半價喔！省下的錢，買冰棒給你吃。」

聽到心愛的冰棒，他才勉強就範。

到了目的地，抬頭一看，店名叫「玉蘭理髮店」，招牌還很新。

玉蘭已經在店裡剪髮，有人在排隊等候。

輪到葉克謨時，這一回只坐著十分鐘就解脫了，比給原來的老闆剪還快，而且頭髮剪得短短順順的，媽媽不停讚美。

從此他和爸爸成了玉蘭阿姨的主顧客。

玉蘭收費實在，剪髮俐落，洗頭也花功夫，不怕耗費洗髮精。

有一次葉克謨聽到客人說：「那個阿娥真夭壽，也沒先通知，就拿毛線棒往我臉上青春痘挖，說她有很好的抗痘藥膏，強力推銷，害我多花了兩百元。可惡！我再也不去她那邊了。」

玉蘭笑笑沒說什麼，但葉克謨發現，她的生意越來越好。

三年後，玉蘭帶著未婚夫來葉家訂做喜餅。原來她有了一手功夫，媒婆說親促成良緣，即將嫁給身旁那位在鐵工廠上班的工人。

玉蘭對葉媽媽說：「雖然糕餅店很多家，但是我一定要來這裡做喜餅，還要請阿謨當花童。」

爸媽好開心，葉克謨也樂得賺個大紅包。

一年後玉蘭生孩子，到了孩子兩歲，她卻要把店收起來。只因她的丈夫要創業，在外地開鐵工廠，她得要搬過去當老闆娘，接洽客戶兼管帳，不剪頭髮了。

臨走前玉蘭到葉家送禮，笑著說：「以前我當學徒時，很需要客人給我練習剪頭髮，可是我技術差又膽小，沒人敢讓我剪。阿謨，謝謝你，你那時乖乖的讓我剪了三個多小時，你還記得嗎？你知道嗎？你是讓我把頭髮剪完的第一個客人，給了我很大的信心，要不是你的耐心，我不會有今天，有好姻緣，好家庭。」

「啊！」葉克謨好驚訝，自己原來這麼重要，而且當時的委屈，竟然真正幫助了別人。

媽媽問：「那些美髮的用具，怎麼處理呢？」

玉蘭說：「看看有誰要就送他嘍！」

葉克謨想了一下，說：「阿姨，可以送我一把手推剪嗎？」

「手推剪？」

「對，用手推的那一種，不是電動推剪。」

「好啊！沒問題！」

於是葉克謨獲得那件紀念品，那時他讀小學六年級。

因為耐心而幫助了別人，這讓他受到很大的鼓舞。

他用功讀書，遇上不會的功課總是耐心求教，從此成績大大進步。

每當遇到困難，或者有不如意的時候，他都會從抽屜裡拿出那把手推剪，慢慢的握幾下。

「喀，喀，喀……」

聽著手推剪的聲音，他的心就會平靜下來，冷靜的思考事情的來龍去脈，釐清困境發生的原因，然後尋求解決之道。不多久，心情也跟著開朗起來。

後來他考上一中，三年後又考上醫學院，最後發揮了耐心和愛心，當上人人敬愛的精神科醫生。

不論是焦躁的老頭、憂鬱的婦人、煩惱的上班族……，來到他的面前，都因著他親切的笑容、和緩的語調而放鬆。一些遍訪名醫的病人還反應，吃過葉醫生的藥，病情明顯改善，但是看看藥包上的藥名，其實跟別人開的一模一樣。

有時病人躁症發作，在診間激動大罵，看著病人伴隨極端情緒而來的表情和動作，葉醫生的心緒多少還是會波動，皺眉出言制止。有時面對不斷重複的病症，甚至病患深陷憂鬱無法自拔時，他也苦惱焦急。

像這樣的情況，在病人離去的空檔，他會打開抽屜，拿出那把手推剪，握在手上動動。

然後在下一個病人出現時，他已經恢復笑容，彷彿車子加滿了油。

◇ ◇ ◇

「就像這樣。」志翔抓動手推剪。

「喀，喀，喀……」

太太看得出神。

先生體貼的說：「老婆，你要不要吃……」

太太懊惱的瞧他一眼，志翔急忙說：「開水我有，你稍等。」

「你怎麼知道我要吃藥？」

志翔從保溫壺倒來一杯溫開水，笑說：「抗焦慮的藥，對不對？」

太太的雙眼瞪得好大。

志翔又說：「你常常夜裡失眠，只要明天有一丁點兒計畫要進行，你的腦子就會轉個不停，尤其是那一天喝了茶或咖啡。」

「沒錯。」太太點點頭，眼睛瞪得更大。「我好幾年不敢碰這兩樣東西了。」

志翔繼續說：「具體一點說，當你的腦子開始轉的時候，就像核能引爆一樣，從一件事想到三件事，又從那三件事各自聯想起三個問題。這樣已經有九個問題了，你又會在這九個問題上，各自有三個疑惑，再從這二十七個疑惑，發展出八十一個『怎麼辦』……就這樣一直輪番想不停，非常疲累，你想停又停不下來。」

「對，對，對，就是這樣，完全停不下來，幾乎……幾乎……」太太緊鎖雙眉，表情痛苦。

「幾乎要崩潰。」志翔斬釘截鐵說。

「你怎麼知道？你怎麼知道？」太太宛如遇到患難知己，感動得紅了眼眶。

先生一旁答腔：「我叫她喝點紅酒助眠，她也不聽。家裡紅酒那麼多，都是有年分的……」

「不是我不要，而是……」

太太要辯解，志翔搶先說：「先生你錯了，酒是興奮劑，喝了只是暫時放鬆入睡，不久後清醒過來，昏沉頭疼，就更難入眠了。」

「沒錯！沒錯！」太太感激涕零，「就是這樣，就是這樣。」

太太吸口氣又對志翔說：「你該不會跟我說，是那把手推剪具有神奇的力量，讓你產生感應？感應到我的痛苦？」

「哈哈哈！」志翔笑而不答。

「來，給我試試。」她把手推剪拿過去抓動幾下。

「喀，喀，喀……」

太太瞇起眼睛說：「耶！葉克謨醫師的獨門武器，好像真的有安神的效果。」

先生問：「你該不會想買回家吧？」

太太突然跳起來，把那剪子伸向先生的頭，作勢要剪髮。

先生急忙推開，叫說：「不要，你少來。」

「哈哈！放心，開個玩笑而已。」太太一興奮，心跳加速，連忙按著胸口深呼吸，讓自己平靜下來。「我要買這把手推剪，多少錢？」

夏若迪看看志翔，說：「定價一千八，這是名人的遺物，所以比較貴一點。」

「不貴。」太太掏出兩張千元大鈔，大方的說：「不必找了。」

兩夫妻買了手推剪，決定不回車上去檢查東西，而是繼續逛街。那位太太還把手推剪捧在懷裡，低頭慢行，彷彿在感受它的神奇魔力。

他們離開後，夏若迪問志翔：「你怎麼知道她有焦慮症的？」

志翔從書堆裡挑起一本書，指指斗大的書名——《精神科疾病的自我檢測》。

「哈哈！真有你的。」夏若迪拍手大笑。

「爸！不要笑，現在罹患這一類身心症的人非常多，他們都很可憐的。」

夏若迪覺得自己有點失態了，連忙收斂起笑容，懇切的說：「老實說，新冠肺炎肆虐全球，旅行業與航空業大受打擊，我失去了工作和財富，求職又不順利，那時我也幾乎要崩潰了。」

「爸，你也看到了，有錢人的煩惱不見得比較少。」

「是啊！以前我操作股票，進出都是上百萬，也常常擔心損失而焦慮失眠。」夏若迪搖搖頭，「唉！算了，這些都過去了，倒是你啊！那把手推剪，我一直以為賣不掉呢！」

「這世界沒有賣不掉的東西，只有不會賣的人。」

「嗯！」夏若迪不說話，直接挺出大拇指。

下午，美華又來找志翔。

她右手握著拳頭，舉到志翔面前，神祕兮兮的說：「你猜，裡面有什麼？」

志翔一臉迷惑，笑說：「我不是神仙，也沒有特異功能，不會隔空觀物。」

「猜一下啦！」

「嗯……死蟑螂。」

「不對，再猜！」美華盈盈的笑。

「中頭獎的大樂透彩券。」

「不對。」

「結婚鑽戒。」

「你三八啦！」美華一陣臉紅，只得提早打開手掌。

居然是一條熟悉的項鍊，上頭串有兩顆子彈吊飾，正是美華的表哥所擁有的那一條項鍊。

志翔臉上的困惑加深，美華卻得意的說：「宏岳表哥要我拿給你的。」

「喔！看來他的想法改變了。」

「你這回猜對了。」美華說，「我爸跑去找我姨丈，說表哥跟討債公司在一起的事，姨丈驚訝又生氣。」

「他不知道宏岳中輟嗎？」

「知道啊！可是他一直忙著做生意，大陸、日本、臺灣跑來跑去，沒辦法好好管孩子。」

「宏岳的爸爸是不是狠狠的訓了他，逼他離開討債公司？」

「不！他們父子關係很差，如果那樣做，只會帶來反效果。我爸很了解他們，他要姨丈不要去罵宏岳，他自己去找宏岳懇談了一番。」

「盧伯伯真有心。」

「我爸跟他講完之後，還找我去勸勸他，想說我們年紀相仿，比較沒有代溝之類的。我乖乖去了，結果你知道嗎？我一開始傻傻的不知道怎麼開口，宏岳就把項鍊拿下來，要我轉交給你。」

「為什麼？」

「他沒說原因，只說你看到就會懂的。」

「是，我懂。」

「其實我也懂。」美華微笑。

「太好了。」

志翔把項鍊交給爸爸，說：「把這個放在攤子上。」

「標價多少？」夏若迪問。

「不，是非賣品。如果客人有興趣聽聽它的故事，我就講〈兩顆子彈〉給他們聽。」

「好！」夏若迪拿了項鍊，轉身去拿紙筆製作標示牌。

「我有信心，你表哥會變好的。」志翔自信滿滿的對美華說。

「就憑他給你這條項鍊？」美華有點不信。

「這只是開始。」志翔高深莫測的說著。

第四話

子母雞大碗公

星期三放學回到家，江夢蝶跟志翔說：「你爸要我跟你說，這個週六會新進一批貨，對方會直接送到舊貨攤，要你到時候幫忙看看。」

「看真偽嗎？不用了，又不是古董。」

江夢蝶說：「當然不是，舊貨又不值很多錢，誰有功夫去造假？他是要你看看，有哪幾樣比較能說出故事的？叫你幫忙挑出來，他來訂個好的價錢。」

志翔笑說：「都一樣，每個舊貨都有故事。」

「你確定？」江夢蝶疑惑的說，「有那麼多故事嗎？」

「媽，那麼多人用過這些東西，它們本來就有很多故事了。」

江夢蝶也笑：「我不知道你還有透視眼，能穿越時空看出它們的老故事？」

志翔不回答，反問說：「唉呀！你這不是明知故問嗎？」

志翔傳了簡訊給美華，內容是邀請她在週六到舊貨攤一聚，一起欣賞新來的這一批貨。美華答應了。

星期六中午志翔來到舊貨攤，果然新進不少舊貨，琳瑯滿目。他蹲下來仔細看，有古早味的吹風機、大碗公、鐵茶壺、裝木炭的熨斗……，真是有趣。

夏若迪一邊翻看檢視，一邊問：「你看看這些舊貨有故事嗎？」

「爸，你放心啦！有目標客人出現時，自然就會有故事了。」

「喔——」夏若迪故意拉長音，「這樣啊！」

不久，美華遠遠的從舊貨市場的另一邊走過來。

夏若迪看見她，問候說：「美華啊！吃過飯了沒？最近好嗎？都在忙什麼？」

「上課下課，讀書，寫功課啊！」美華反射性的回答。

「好，好，認真讀書，把大學考好才是對的。別學夏志翔，專讀一些考不到的閒書。」

「爸，你好無聊，講這個幹什麼？」志翔嘟嘴。

「好啦！你們繼續聊。」夏若迪說完，走到後車廂去清貨物。

這時，一位婦人出現在舊貨攤前，開口說：「請問，你們有沒有在收舊貨？」

夏若迪迎上去說：「有的，你想賣什麼東西？」

「我撿了很多廢紙、鐵罐和保特瓶。」

「啊！不好意思，那是資源回收，我們這裡是舊物回收，不一樣。」

「這樣啊！」婦人難掩失望，想了一下又說：「有一把老檯燈，你要收嗎？」

「這要看了才知道，多久的東西？完整的嗎？」

婦人說：「那是十年前朋友送的結婚禮物，鑲嵌玻璃的燈罩，還很完整。」

「聽起來不錯，好的玻璃檯燈可以賣到一千元以上呢！你確定不要了嗎？」

「呵！沒在用了。」婦人冷笑一下，「本來以為當夜燈很浪漫，誰知道到後來點亮它，都在等夜夜不歸的人……」

「滴鈴——」婦人這時手機突然響了。

「喂！老師啊！你好……不，我已經不是謝太太，請叫我張小姐，或者直接喊我家齊的媽媽……沒關係……」婦人的口氣有點不悅，但很快變成驚訝和抱歉。「啊，什麼？升旗的時候差點昏倒，唉呀！我這幾天一大早就出門去撿東西，沒時間準備早餐……我記得前幾天有給他一百元買早餐，不知道他已經花完了……謝謝老師拿餅乾給他吃，我以後會留意的，謝謝！」

婦人掛上手機，手扶著額頭，顯得很自責。

志翔捧起一個灰灰的大碗公，對她說：「你看看這上頭的圖案，滿可愛的。」

婦人一看，是兩隻雞的圖案，一大一小。她搖頭說：「我買不起。」

志翔笑說：「不，我只是想講這個大碗公的故事給你聽。」

「講故事，為什麼？」婦人聳肩膀。

「有關一個單親家庭長大的小女孩，你想不想聽？」

「喔？」婦人揚起眉毛，充滿好奇。「你說。」

◇ ◇ ◇

「林經理，中午有人想訂便當，你要不要一起登記？排骨、雞腿、鱈魚、焢肉，你想吃哪一種？」淑玲問。

「不用了，我自己有帶午餐。」巧慧答。

不一會兒，小柯也來問：「要不要一起去吃牛肉麵？對面巷子口新開的，會計部那邊在問。」

「我已經有東西吃了，你們去吧！」巧慧如此回應。

「林經理，你別虐待自己喔！」宇傑把頭伸進門內，好意提醒。

「不會，我太胖了，我減肥。」這是巧慧一向的藉口。

林巧慧是一家外商公司的經理，月收高達六位數，但同事們邀她去吃午餐或者一起訂便當，她常常婉拒。她老是一個人窩在專屬辦公室，默默的啃著帶來的土司，一邊打開保溫瓶，配著自己帶來的溫開水。

巧慧平日待人熱誠，人緣很好，有人笑她太摳門，有人怪她虐待自己，她都不以為意，依然故我。

有人偷偷觀察，發現她吃土司的時候，總是先啃皮，等土司皮都啃完了之後，才吃中間軟嫩的主體，於是「土司皮公主」之名不脛而走。

只不過大家搞不懂，怎麼好幾次，看見她一邊啃土司皮，一邊紅了眼眶。人家關心詢問，她只是岔開話題，顯得更神祕了。

有一次她生日，大家密謀給她驚喜，一到下班時間，關上辦公室的燈，推出插著蠟燭的大蛋糕，唱起生日快樂歌。有人拉拉炮，有人開紅酒，大家笑鬧一團，無比開心，巧慧卻感動得淚流滿面。

吃完蛋糕，幾杯紅酒下肚之後，主管洪總經理問她：「別以為大家不知道你天天啃土司，而且都是先把土司皮啃完一圈。人家都私下稱呼你『土司皮公主』，你知道嗎？」

「呵！我當然知道。」巧慧傻笑，「還是營業部給我取的，對不對？」

「沒錯，『土司皮公主』，這是你的特殊癖好嗎？或者真的是獨特的減肥法呢？」洪總擔心的說：「跟同事一起吃午餐也是一種社交，可以培養革命情感，凝聚團隊合作精神，你偶爾也跟大家一起吃吃飯吧！」

「有啊！我也會跟大家去啊！只是沒有那麼頻繁。」巧慧笑著為自己辯解，「而且，我也有請大家吃土司，不過沒幾個人領情就是了。」

宇傑說：「我又不是『土司皮王子』。」

「哈哈哈！」大家一陣笑。

小柯也說：「上班那麼辛苦，我想吃好一點，才不要啃土司呢！而且還是配開水。起碼也要配玉米濃湯，或是酸辣湯才好吃啊！」

淑玲說：「你為什麼那麼愛吃土司呢？」

「對呀！總有個原因吧？」洪總也好奇的問。

巧慧看看大家，吐出一口氣，說：「好吧！雖然那是我不太想對人透露的過去，不過既然大家這麼關心，我也只好說了。其實，保溫瓶裡裝的並不是開水。」

「啊？」大家都好驚訝，「那是什麼？」

「那是……」

她終於卸下心防，開始透露「土司皮公主」的身世之謎……

我讀國小六年級時，我爸有了新歡，我媽生氣傷心之餘跟我爸離婚，並且極力爭取，獲得了我的監護權。

由於事發突然，我媽沒有準備，更沒有計畫，身上僅有幾千塊錢，生活頓時陷入困境。原本租在板橋的房子很貴，媽媽聯絡了臺中的老同學，先借一些錢急用，再請他們幫忙找工作。我們搬到臺中的一間便宜小閣樓，媽媽開始到處打零工。她不是幫人整理家事，就是做資源回收，每天回家時都很晚，而且累得說不出半句話。

我轉學到一個新學校，住在陌生的租屋，走在迷茫的街道，一切如在夢境當中。

那時我便體會生活的艱苦，因為我繳不出午餐費。早上我媽給我十塊錢買飯糰，中餐空著肚子，晚餐是我自己用電鍋煮稀飯配醬菜。雞蛋、牛奶和肉品是什麼滋味？我不敢想，也不敢要，尤其看到媽媽滿臉疲憊的進門，我都感到難過和愧疚。

有一次，我說：「媽，我好想幫忙賺錢，可是我什麼都不會。」

我媽說：「巧慧乖，你只要用功讀書就好了。」

每天回家我都先寫功課，然後洗衣服，整理房間，算是幫我媽一點忙。

閣樓位在二樓，房東太太六十多歲，住在一樓，我們進出都會經過她家的客廳。

老太太有點矮胖，是一位虔誠的佛教徒，臉上總是帶著慈祥的微笑，每天坐在佛桌前數佛珠唸經，每當我們經過客廳時，她都會回過身來點點頭，輕聲唸著：「阿彌陀佛。」

我媽會回禮並且拍我肩膀，我就會說聲：「阿婆好。」

阿婆和我媽閒聊時，我仔細聆聽她們的談話。原來阿婆一個人獨居，老公早已過世，三個孩子各自嫁娶，老大在澎湖教書，老二在花蓮開餐廳，老三嫁到屏東，跟先生開民宿，都很少回來。兒子女兒都有家庭要照顧，沒多少能力給她孝養金，因此她非常省吃儉用，總是自己買菜煮菜。

阿婆在了解我們的處境後，常常分一些菜餚給我們吃，還謙虛的說：「不是什麼好東西，請不要嫌棄。」

我媽如果推辭，她就說：「我一個人，東西都吃不完，幫我消化一些吧！」

「這怎麼好意思？」

阿婆會說：「給巧慧補充營養，她太瘦了，要多吃點。」

這時，我媽就會千恩萬謝的收下了。

天曉得，阿婆送來的點心，雖然不是山珍海味，卻已是人間美味。

我媽常向親戚借錢，並積極找工作，但找不到什麼穩定的工作。

有一天，天氣很冷，沒有工可打的假日下午，我媽陪我在樓上寫功課，我聽見樓下傳來「砰砰鏘鏘——」鍋鏟碗盤碰撞的聲音，隨後飄來一陣陣澱粉加熱後的甜味，瀰漫在空氣中。

我媽納悶的說：「這聞起來好像是在炒麵茶，阿婆今天怎麼有興致炒麵茶呢？」

不久從樓下客廳傳來阿婆的呼喚：「巧慧呀！下來吃東西嘍！」

這熟透的甜香也叫我十分好奇，這時正好寫完功課，媽媽拉著我的手步下樓梯。

飯桌上有一個灰灰的大碗公，裡面深咖啡色的東西正在冒著白煙。

阿婆走出廚房，捧著一個空的炒菜鍋，親切的招呼：「快來吃，我親戚開麵包店，送我一包做三明治剩下來的土司皮，我看太乾了不好吞，就去買了瓶牛奶，加糖和雞蛋下油鍋去煎。」

「這聽起來類似烤布丁的作法呀！」媽媽笑著說。

但我覺得碗裡的東西並不像是烤布丁。「咦？有黑色的烤布丁嗎？」

阿婆帶著歉意陪笑道：「歹勢，歹勢！剛剛阿春仔來收會錢，我跟她多講了幾句話，一時忘記，結果煎到燒焦了。」

她放下鍋子，從大碗公裡盛出一個小碗，大碗給我媽，小碗給我。又說：「難得有牛奶和土司可以吃，快趁熱吃。」

我和我媽都遲疑著不敢動手，卻見阿婆捧起鍋子，用湯匙刮起黑褐色的鍋巴，一小塊一小塊的送到雙脣間舔吮起來。

「吃吧！趁熱快吃。」阿婆說完就進廚房去洗鍋子了。

我用湯匙攪拌一下，發現碗裡並沒有所謂的布丁，全都是濃稠的黑色麵糊。

我媽先吃了一口，隨即瞪大眼睛，愣愣的看著我。

我也吃進一口，眉頭一皺，叫說：「好苦喔！」

原本該是金黃的烤布丁，熬成了黑色的黏膏，含入口中化成濃重的苦澀味。

我媽眨眨眼睛，再大大的吃了第二口，笑說：「乖，這可是巧克力烤布丁呢！外面買不到的喔！吃，快吃，阿婆把最好的留給了我們，千萬不要辜負她的好意呀！」

我猶豫了一會兒，硬是和媽媽一起吞完眼前的「巧克力烤布丁」。

過了好久，有一天夜裡，我和媽準備睡了，卻聽見清脆的敲門聲。打開門一看，是阿婆。她興高采烈的提著一個塑膠袋，見到我媽就往她懷裡塞。我仔細一看，竟是一大包切下來的土司皮。

看著那些支離破碎的土司碎屑，我的鼻腔湧出一陣酸，視線也跟著模糊，兩顆淚珠在眼眶中打轉，因為我已經很久很久沒有聞過奶油的香味了。

阿婆笑瞇瞇的說：「我拜託我那個麵包店的親戚，把店裡每天不要的土司皮給我，特地要留給你們吃的。」

我媽千謝萬謝收下了。

關上門之後，我說：「我想配鮮奶。」

我媽無奈搖頭。

「不然配豆漿。」

「我們沒錢了。」

我媽嘆口氣，量了一些米，熬成一鍋米湯，就這樣配著土司皮吃。

土司的外皮乾乾硬硬的，咬起來粗澀，可是泡進米湯裡，頓時變得香軟滑嫩，入口即化。而米湯味道清淡如水，反而襯托出奶油的甜味和小麥的穀香。

我還記得那時寒流過境，我坐在床邊，吃得嘴裡和胃裡暖呼呼的，內心也暖呼呼的。

從此以後，每天都有米湯配土司皮當宵夜，吃不完的還能當作早餐，我不愁沒精神讀書，身體也漸漸長高長胖了，我媽的體力也因此好了些。

有一次，我端起盛滿熱米漿的碗，一不小心燙了手，整個碗掉在地上摔碎了。

我媽急忙蹲下來收拾，阿婆聽見聲音跑來敲門：「怎麼了？」她看見地上的破碗後，趕緊到廚房拿一個碗公過來。

「碗太小不好拿，巧慧，你用這大碗公來盛，不燙手，也涼得快一些。」

那個灰灰的大碗公很厚重，外側畫了一隻母雞和小雞，母雞正帶著小雞在抓蚯蚓，看起來很樸拙，很可愛。

隔天一早，我媽帶我下去還碗公，阿婆卻說：「你們留著用，我廚房裡還有很多，不用也是可惜，我一個人也用不了那麼多碗盤啊！如果你去買新的，也只是多花錢而已。」

一陣推辭之後，我媽終究收下了。

不久，我媽找到一個倉儲管理的工作，一個月休四天，薪水還不錯，足夠養活我們母女倆，還有非常便宜的宿舍可以住。不過公司距離我們租屋的地方太遠，所以我們只好依依不捨的搬離阿婆家。

半年過後，我媽還了債，開始有點錢可以給我買新衣服，我們有了新餐具，飯菜裡也常看見雞腿和豬肉了。而那個灰撲撲的子母雞大碗公，我媽把它擺到電視櫃上，成了好看的裝飾品。

有時放假，我媽會買點水果，帶我去阿婆家看她。

阿婆看見我們時，總是開心的跟我們閒話家常，並且從冰箱拿出累積了一陣子的土司皮，打包給我們帶回家。雖然我們已經不需要靠土司皮維生了，但是我還是很喜歡吃。

兩年後的某一天，媽媽又拎了一大袋蘋果，帶著我再次去拜訪阿婆，卻發現大門深鎖。

「鈴鈴鈴——」

鄰居聽見我們不停按門鈴的聲音，跑出來察看。

「是你們啊！你們不知道阿婆過世了嗎？」

「啊！」

「大概兩個星期前才辦完喪事而已，她的孩子都回來奔喪了。」

「怎麼會這樣？」

「她被發現時是躺在沙發上的，醫生研判是腦中風突然死亡，已經死了兩天了，好在收會錢的阿春仔來找她，要不然都沒人知道呢！」

這無來由的晴天霹靂讓我們好難過，我淚水流個不停，好久好久都說不出話。

回程時，我媽特地到麵包店買了半條土司，回家後又煮米湯。我媽把土司皮剝下，獨自品嚐，將軟嫩的部分拿給我吃，我卻伸手拿走土司皮，自己嚼起來。

我們默默的望著電視櫃上的子母雞大碗公，邊吃邊流淚。就是因為這樣，米湯配土司皮的那股香甜和溫熱，是我一生中最難忘的滋味，也是我一再想重溫的，愛的感覺……

◇ ◇ ◇

婦人接過大碗公，細細端詳，隨之輕聲啜泣。

「嗚……」

志翔和夏若迪面面相覷，不知怎麼辦才好。

「都是你啦！害人家傷心。」夏若迪故意責備志翔，好打破尷尬的氣氛。

「對不起。」志翔搔頭。

「呵！」婦人止住淚，「不怪你，是我的遭遇跟故事中的母女很像，忍不住悲從中來。說實在的，這一路走來，也有許多貴人幫助我們母子，實在感恩。」

志翔說：「你們也會跟巧慧她們一樣，越來越好的。」

「謝謝你，這故事給了我很大的鼓勵。」婦人破涕為笑，「不過，雖然這個大碗公很有意義，我卻沒有錢買。」

志翔給爸爸使眼色，夏若迪收到訊號，大方的說：「這不值幾個錢，你既然喜歡就拿回去。」

「不行，不行。」婦人把大碗公推過來。

夏若迪又推回去：「不然這樣好了，你留手機號碼給我，明天我去你家看那個檯燈，順便看看還有沒有什麼東西可以給我收的，這個大碗公就折抵二十元。」

「這樣你不是吃大虧了？」婦人說。

「不會不會，就這麼說定了。」

「那就謝謝你們了。」

婦人帶著子母雞大碗公離開，繼續去做資源回收。

志翔忍不住誇獎爸爸：「你真是個大好人。」

夏若迪笑說：「你的故事感動人心，你才是貴人呢！」

「這麼說我是翔貴人嘍！」志翔調皮起來，演起清宮劇，右手一舉，蹲下來叫說：「皇上萬福金安。」

夏若迪往他後腦一拍：「免禮！」

「哈哈哈！」美華大笑。

「叮鈴——叮鈴——」這時美華的手機響起，她一看來電的名字，臉色嚴肅起來。「喂！表哥……什麼？你想跟夏志翔說話？」

「嗯……」志翔嘴角一笑，「該來的終於來了。」

第五話

炮彈鋼刀

「志翔，我表哥說要跟你講話。」美華把手機遞過來。

志翔突然跑到五公尺外，假意高聲說：「我現在在忙，客人好多，沒空跟他講話。你幫我問他要做什麼，我再找時間回他。」

美華一愣，隨即笑著說：「好。」然後如實向翁宏岳轉達這些話。

講完手機後，美華納悶的問：「你在玩什麼把戲？」

志翔不答，反問：「他回答了嗎？他要做什麼？」

「嘿！奇了！他竟然說喜歡聽你說故事，希望你再講個故事給他聽。」

美華開心的說，「看來，他開始把你當作朋友了。」
「什麼朋友？他們江湖兄弟，什麼人都能當朋友，誰也能變成敵人。」
「沒有喔！依我所知，我表哥以前有個很要好的朋友，幾乎和兄弟一樣親，結果那個人不知道什麼事背叛他，讓他非常生氣傷心，後來他就不交朋友了。所以，我聽得出來，他對你的態度，不一樣。」
「喔！有意思。」志翔看見新進的舊貨裡有個好東西，他低頭細想了一會兒，說：「有了。」
那是一把上面刻有「炮彈鋼刀」四個字的金門老菜刀，雖然從腐朽的木柄上看得出有年紀了，但是刀身的金屬鋼片依然磨出了鋒利的刃口。
志翔讀過金門的戰地史，一九五八年到一九七九年，中國大陸的共軍隔海與國軍進行炮戰，共軍密集從廈門發射炮彈攻擊金門，共約四十七萬四千多發，平均每平方公尺遭受四枚炮彈攻擊。戰爭結束後，到處都是爆炸後的炮彈廢鋼片，於是有人物盡其用，把這些堅硬無比的鋼片裁切錘鍊，打造成鋒利的菜刀，又稱「金門菜刀」。

志翔拿起手機替菜刀拍了照，然後說：「這一回我不『講』故事，我要『寫』故事。你先回去，等我寫好之後，請你幫我把照片和文章都寄給他看。」

「沒問題。我也好想先睹為快。」美華興奮期待，先行離開。

志翔坐上躺椅，再次翻閱那套《少年廚俠》，然後開始用手機打字。

◇◇◇

武林中最大的幫派，乃是最神祕的灶幫。灶幫的幫員都是廚師，個個身懷功夫，人稱廚俠。

林耀雄天生骨骼清奇，又生在廚俠世家，從小跟著父親林謹練武做菜，武藝和廚藝兼備，並以成為頂天立地的「廚俠」作為人生志願。

林謹是有名的總鋪師，功夫傳承自俗稱「總鋪師巢」的高雄內門，為了栽培兒子，在林耀雄當兵退伍後，督促他去臺北「蓬萊仙島臺菜餐廳」應徵廚師，向民灶派的老闆湯之鮮，學習首善之區最經典高深的臺菜料理。

那時的湯之鮮，已經當了幾年的灶幫幫主，武藝和廚藝都是武林至尊，許多人都來懇求拜師學藝。但他做人很有原則，訂下只收七個入室弟子的限制，又拒絕人情所託，一一考測功夫和廚藝，嚴格過濾挑選。

二十二歲的林耀雄來得太晚，無緣成為湯之鮮的正式弟子，但他的辦桌功夫受到肯定，因此入選為小廚，跟著其他廚師們工作以精進廚藝。

那年的「全球灶幫大會」在「小巨蛋」舉行，會後還辦了「武藝友誼賽」。

林耀雄為了增廣見聞，與人切磋，主動報名參加。

比賽中，他憑藉著不錯的功夫底子，一路過關斬將，晉級到決賽，因而結識了難纏的對手魏興。魏興二十五歲，是知名的「瀟湘煙雨湘菜館」少東家，使的是父親魏鼎辛所傳授，以「琴棋書畫詩酒花」命名的官灶派功夫。而林家所傳承的民灶派功夫，用「柴米油鹽醬醋茶」來命名，兩者恰恰一官一民，一雅一俗，形成強烈對比。

一開始，魏興施展琴掌七式中的春雷掌，將內力聚集在兩掌之上形成隱形的大手套，揮舞起來的掌風能發出「轟轟」的雷鳴，氣勢強大震懾人心。林耀雄鎮定心緒，用茶掌六式中的普洱掌一一格擋。普洱掌原是吸取普洱茶老練質樸的精神而取名，不硬碰硬，反而凝結收斂對手的強勢，再為己所用，這使得魏興頻頻遭受來自自身的反作用力而吃不消。

他改以松風掌去打林耀雄的腹部，林耀雄以大紅袍掌形成的氣牆阻擋，緊接著又以鐵觀音掌回擊。那有如千手觀音同時出手的千百掌影，叫魏興目眩神迷，驚愣不已。魏興急忙退避，收起掌風，使出把酒三肘式來轉移目標。果然林耀雄停止攻擊，伸出手臂來擋走輪番上陣的綠蟻肘、杜康肘和醍醐肘，並急忙往旁跳躍，避開那恐怖危險的肘法，保持安全距離。

兩人比鬥十數回合總分不出上下，最後是魏興靠著官灶派的吟詩三腿：七步成詩腿、詩情畫意腿和橫槊賦詩腿，連續掃蕩五個回合，才逼得林耀雄節節敗退，最後摔了個大筋斗而落敗。

林耀雄心悅誠服，甘拜下風；另一邊魏興也收起驕傲，抱拳說了聲：「承讓！」

真所謂不打不相識，英雄惜英雄，兩人成了好朋友，互相交換聯絡方式，從此常常在休假時，約在歷史博物館的荷花池邊，一起練功。

灶幫的功夫雖分有民灶派和官灶派兩大派別，但以身體部位來分，不外是掌、拳、肘、腿的拳腳功夫，兩人練來練去總覺得不夠過癮。

這天出乎林耀雄意料，魏興竟然帶來寶劍。「這是我爸收購來的古物鴛鴦劍，據說跟《紅樓夢》裡面柳湘蓮送給尤三姐的定情物，是一樣的東西。這把寶劍一劍二分，兩劍合一，咱們來練劍吧！」

「太棒了！」林耀雄驚喜又興奮，但不忘小心提醒：「我們點到為止，可別受傷。」

因為他親眼見過官灶派的前輩們，以「書畫二十六劍式」來比武，知道它更勝過他們民灶派的「米葉六劍」。

「唰——」寶劍出鞘，魏興改雙手握柄，果然分出鴛劍和鴦劍。

魏興執鴛劍，給林耀雄拿鴦劍，兩人高舉到頭頂劍劍相觸，接著一聲令下，「噹！噹！噹！」比鬥起來。

魏興用雨點皴式刺來，劍氣如急雨驟下，林耀雄忙用米葉六劍的火爆香米式奮力撥開。

魏興用雲頭皴式揮動，劍氣渾成一朵雲湧來，林耀雄忙用圓糯尖粽式將其切分，化整為零，忙得滿頭大汗。

魏興改用曹衣帶水描式，劍尖劃出一條條圓弧，並且恣意聚合，讓林耀雄抓不準方位。他只得斜揮鴦劍，用豐年割稻式去割破那已由線組成面的劍氣。

魏興又使出高古遊絲描式，劍尖翻飛成數十條蜘蛛絲，細而難辨，飄忽無蹤。林耀雄嚇壞了，連忙逃到五公尺外，張口結舌乾瞪眼。

魏興好得意，笑著繼續揮舞鴛劍，宛如大畫家運用山水皴法和人物描法，讓劍尖在空中龍飛鳳舞，驚蛟走蛇。

「太厲害了！」林耀雄想著自己米葉六劍的拙劣粗俗，不禁心生自卑。

魏興看出他的心情，收功之後刻意謙遜的說：「我雖然能把『書畫二十六劍式』舞得虎虎生風，但是練功二十年來，一直還無法打通『任督二脈』，因此空有招式，並無法發揮凌厲的攻勢。」

「你說的沒錯，我也是一樣。」林耀雄感嘆的說，「要打通『任督二脈』，需要依序在這兩脈的穴位上一一練氣，而且要一前一後對稱著練，過程非常漫長艱苦。聽我父親說，就算武功奇才每日勤練，最快也要三十年才能貫通。」

原來人體的胸腹中央有二十多個穴道排成垂直線，組成「任脈」，背脊另有二十多個穴道垂直排列，組成「督脈」。如果能練氣將兩脈貫通，相連成一個循環，是學武之人夢寐以求的上乘功力。

「我至少還要十年。」魏興有些氣餒的說。

「我大概還要十五年吧！沒關係，我會加緊努力，如果我先練成，會回頭幫助你的。」林耀雄很有義氣的說。

「你的功夫差我一大截！還是等我來幫你吧！」魏興自負的說。

「也是啦！哈哈哈！」林耀雄摸著後腦勺，不好意思的說。

「哈哈哈！」魏興笑了一陣，停下來又說，「聽我父親說，湯之鮮幫主擁有獨門密技，可以讓入室弟子在三週之內快速打通『任督二脈』。」

「真的嗎？」林耀雄從沒聽過，因而十分驚訝。

「唉！難怪大家擠破頭都想去當他的徒弟。可惜你只是他家的小廚子，我爸也不可能讓我拜他人為師，我們都無緣學到。」

魏興自恃功夫高人一等，常欺負揶揄林耀雄，林耀雄都不以為意，只想認真受教精進，殊不知這些事情竟然都被湯之鮮看在眼裡。

原來湯之鮮被林耀雄主動積極的精神所吸引，常偷偷跟隨到附近，坐在歷史博物館三樓的餐廳喝咖啡，隔窗遠眺兩人的動靜。

有一天兩人練功時，有個小男孩失足落水，魏興瞧見了趕緊告知林耀雄，林耀雄二話不說跳入池中搶救。看林耀雄奮不顧身的潛入汙水中尋人，魏興卻是圈起手掌大聲呼喊「有人落水」，等林耀雄抱起小男孩爬上岸，一旁的魏興忙指揮他：「快給他做人工呼吸。」最後總算把人救活了，只見一個滿身爛泥，一個乾乾淨淨，湯之鮮點點頭。

又有一次一個婦人遭逢搶劫包包，兩人同時聽見求救，也是林耀雄一馬當先，輕功過去逮住搶匪，魏興隨後趕來，把包包交還給婦人，婦人不明所以，頻頻向魏興鞠躬感謝。警察來時，魏興一把扭住搶匪的另一手，嘰嘰喳喳的說個不停，眉飛色舞的邀功。湯之鮮嘆口氣，搖搖頭。

這天深夜，湯之鮮悄悄的去到員工宿舍，敲林耀雄的房門。

林耀雄睡夢中被吵醒，打開房門，只見老闆站在門口，遞給他一把菜刀。

他揉揉惺忪睡眼，久久才看出刀身上「炮彈鋼刀」四個字。「這……」

「噓！」湯之鮮阻止他發問，只輕聲說：「這是金門特產的炮彈鋼刀，俗稱『金門菜刀』，送給你。打通『任督二脈』的捷徑就藏在這裡頭，你自己去參悟。」

「啊！這……」林耀雄喜出望外，卻一時語塞。

「至於能不能領悟，就看你的造化了。」湯之鮮又說：「我要你發誓，今夜之事是你我二人間永遠的祕密。」

林耀雄吞口水點點頭，細思後高舉右手，嚴肅的說：「皇天在上，后土在下，我林耀雄對灶幫列祖列宗起誓，絕口不提湯幫主送我打通『任督二脈』密技一事，如違背誓言，願遭五雷轟頂，挫骨揚灰之惡報。」

湯之鮮微笑點頭，默默離開。

林耀雄進屋後開了燈，拿起菜刀，盯著亮晃晃的刀刃，開始苦惱。這裡頭藏了什麼密技？是不是用這把菜刀切菜，就能悟出道理？湯幫主為什麼要對我這麼好？

這一夜，他澈底失眠。

隔天開始他用這把菜刀切菜，「咄！咄！咄！」高麗菜和胡瓜切絲，青椒和白蘿蔔切片，芋頭和小黃瓜切丁……還幫忙其他小廚，把他們該切的菜都攬來切了。

「哇！林耀雄，樂於工作又積極，讚！」胖大廚忍不住誇獎他。

但一個多月過去，什麼心得也沒有。

他改而查詢金門菜刀的來歷。網路上的資料顯示，原來那是八二三炮戰時，中共從廈門發射到金門的炮彈，由於鋼材堅硬，後來被人拿來做成銳利的菜刀。從此武器變廚具，戰爭變和平。

這是要提醒人們什麼嗎？是不是叫我收斂好勇鬥狠的心？化干戈為玉帛？但我自認不是那種個性啊。他看著「金門菜刀」四字，陷入遐想。

既然要打通「任督二脈」，牽涉到將近五十個穴道，那麼，是不是跟炮、彈、鋼、刀，四個字有關的穴道呢？

他上網查詢，發現全身上下，並沒有含這四個字的穴道名稱。

難道會是「金門」兩字跟穴道名稱有關嗎？他又查資料，並沒有「金門穴」，但有個「門金穴」。他找出該穴的位置，把氣運到那兒，卻絲毫沒有感覺。

或者是跟帶「金」字和「門」字的穴道有關？他又上網查到分金穴、合金穴、內金穴等有金字的穴道。而有門字的穴道是郄門穴、命門穴、章門穴、期門穴和衝門穴。他一一把氣運到這些穴道上，靜待反應，結果仍體會不出什麼特殊的感覺。

他重讀八二三炮戰的資料。嗯，炮彈從廈門打到金門，從廈門打到金門……難道是從有門字的穴道，把氣運到另一個有門字的穴道？

他提出假設，並且一組一組的去做測試：從郄門穴運氣到命門穴，從命門穴運氣到章門穴……最後仍告失敗。不過在命門穴運氣時，隱隱有種不同的感覺，那是什麼意思呢？他不禁焦躁起來。決定先暫時擱下，不去想它。

幾天之後，他在下班後放鬆了，忽然靈光一閃：「對了，資料上說『金厦本是一體』，這會不會是……」

他重新查閱穴道資料，忽然有了重大發現，不禁大叫：「天哪！居然真的有……難道會是這樣？」

他急忙測試一番，忽然背脊的督脈慢慢的被灌滿真氣，並且兵分兩路，往上與往下分別溢出。

他驚喜不已，鎮定下來勤練，果然在三週之後，上行之氣衝過了頭頂的百會穴，下行的真氣竄過了下體的會陰穴，而與胸前的任脈成功交接，練成一個大循環，並暢通無礙。他真的超速打通了「任督二脈」。

從此，他功夫升級三倍，輕功升級五倍，無論拳腳功夫和劍法，樣樣比鬥都贏過魏興。以前自慚形穢的米葉六劍，如今招招都讓魏興傻眼，無法招架，林耀雄好驚喜，魏興卻是無法接受。

「你發生了什麼事？」魏興有如鬥敗的公雞，萬分不甘心，於是逼問林耀雄。「為什麼功力大增？難道你以前的糗樣都是裝出來的？」

林耀雄礙於誓言，無法解釋，只說：「我也不知道，可能是我勤加練習，才發現原來民灶派的功夫並不輸給官灶派。」

「不可能！」魏興極力否認，又嫉妒不已，然後滿臉怒氣的走開。

林耀雄心中落寞，他檢討自己不該使上全力，而是應該隱藏真功夫，如此才能維持友誼。

他回去後做好了準備，要像以前那樣敗給魏興，然而隔天魏興卻拒絕和他一同練武，接下來的幾天仍然一樣。

一個星期後，上班時，胖大廚突然對他怒目大吼：「你切這些小黃瓜能看嗎？歪七扭八的。」

「有嗎？」他驚愕的看著剛切好的成品，心想：「這不是跟平常一樣的形狀和大小嗎？」

「愣在那邊幹什麼？」胖大廚又對他大叫：「還不快來洗盤子。」

「洗盤子？那不是我的工作啊！」他揚起眉毛，傻傻的望著胖大廚，卻換來另一頓痛罵：「看什麼看？你這懶惰鬼，總是摸魚，前面急著要上菜沒盤子可用，你還懷疑？」

他也只好摸摸鼻子去洗了。

怪了？為什麼胖大廚開始對我挑三撿四，派給我額外的工作，還常找機會辱罵我？大家看在眼裡，不敢說什麼，林耀雄更不敢問了。湯之鮮冷眼看著，沒有介入，林耀雄只得把委屈的淚水往肚裡吞。

直到有一天夜裡，他在三樓宿舍的窗邊望著星空想家人，眼淚撲簌簌掉下來，忽然不經意看見附近暗巷中，出現了熟悉的身影。

「咦？是他嗎？他是來找我的嗎？」定睛一看，那個人影真的是魏興。「怎麼不先聯絡我呢？」

仔細再看，魏興的面前站著一個人，那個人竟然是胖大廚。

「不是來找我的。」林耀雄好生疑惑，「魏興找胖大廚做什麼？」

他好奇的施展輕功跳下樓去，躲在牆角，偷聽他們的對話。

「這是你最近的酬勞，」魏興說，「這一包藥你想辦法給他吃了。」

「這是什麼東西？」胖大廚問。

「別擔心，不會傷害他的性命，只是讓他不知不覺慢慢失去內力而已。林耀雄這小子竟敢隱藏實力耍我，現在對我耀武揚威，冷嘲熱諷，你要好好幫我出氣。」

「太可惡了，竟敢欺負我們湘菜名店的少東，真是有眼無珠，不自量力……」

「好，別說了，就照我的話去做。」

胖大廚遲疑了一會兒，然後回說：「這樣好了，我倒過來對他好，說最近對他太凶了，要向他賠罪，做一道蒜頭雞湯給他補補身子，到時在湯裡放這個。」

「很好，我要他真的失去實力。」

「啊！」林耀雄感覺內心被重重撞擊，支離破碎。

他傷心極了。依他以前的個性，被人誤解時一定會極力澄清解釋，但這是被人惡意抹黑呀！他胸中又生出一股怒氣，如果做不成朋友，不來往就好，何必陷害我呢？如果要害我，叫胖大廚霸凌我就算了，又何必損害我的功力呢？為什麼見不得我好？

他有一股衝動想衝出去把兩人大打一頓，憑他現在的功夫，就算二人聯手抵抗，也都不是他的對手。可是這有什麼意思呢？失去友誼，就像被人搶走了珍寶，十分難過痛苦，可是把寶物奪回來摔碎，就能換得快樂嗎？那股氣焰很快消散，他只感到四肢無力，內心空虛。

他茫然的回到屋內，完全無法入眠。

那一夜的更深夜，他似乎想通了什麼。

他穿上黑衣，用黑布蒙面，帶上那把「金門菜刀」，偷偷溜出宿舍。他輕功奔馳，半小時後，來到「瀟湘煙雨湘菜館」旁，然後從樓上的窗戶躍進室內。

他躡手躡腳的一一尋找，終於在十六樓找到魏興的房間，把他搖醒。

「是誰？」魏興發現有陌生人闖入，馬上要起身發動攻擊。

但他很快被黑衣人點穴制伏，無法動彈，也發不出聲，並且被扛著越出窗戶，落到一樓的無人巷中。

「啊！好厲害的輕功，」魏興心中暗驚，「這人的功力一點都不輸給灶幫幫主呀！難道是我指使胖大廚的事，被湯幫主發現了？」

黑衣人為他解開穴道，並從背後拿出一樣東西。

魏興疑惑的看過去，路燈照耀下，他看到一把菜刀，即刻感受到生命遭受威脅。黑衣人把菜刀拿到他的鼻尖前，陰森的刀光在刀刃上游動，魏興驚駭不已，想要呼救，然而他才剛被解開了穴道，血流尚未暢通，手腳還麻木，聲帶還遲鈍，發不了聲，他只能驚恐的瞪大眼睛，認命等死了。

但出乎意料之外，黑衣人並沒有殺他，而是用另一隻手倏的拉下蒙面的黑布。

「啊！林耀雄……」那瞬間，魏興因訝異而使勁吶喊，終於吼出聲。

「你可能忘了，但我記得非常清楚，我說過『如果我先練成，會回頭幫助你的。』我現在來實現當初的承諾了。有關快速打通『任督二脈』的祕密就在這把菜刀上面，你自己參悟吧。至於我們的友誼……」

林耀雄把那塊蒙面的布一角咬在嘴裡，左手拉住另一角用力扯緊，菜刀從中間將布一切為二，接著奮力把菜刀往地上一甩，「鏗鏘！」落在魏興腳跟前，嚇得他抖了一下。

林耀雄轉身，一躍十米，揚長而去。

隔天，林耀雄前往拜謝湯幫主，並辭掉工作。

他離開臺北，也沒回高雄老家，而是到臺中清水區白手起家，經營一間餐廳。後來漸漸打出名號，又結識了陳淑美，在清水結婚定居，生下兒子林志達。

每年的「全球灶幫大會」，林耀雄和魏興依舊都會出席，但兩人形同陌路。林耀雄光明磊落，只當他是空氣，魏興卻會刻意閃躲，以免尷尬。

後來林耀雄在兒子五歲時意外車禍身亡，這件祕密便隨著林耀雄長眠於九泉之下，所以他老婆陳淑美也毫無所知。

◇ ◇ ◇

志翔把故事寫完後，連同「炮彈鋼刀」的照片一起寄給美華。

隔天美華來找志翔，問說：「我表哥在問到底是什麼穴到什麼穴？」

「什麼意思？」志翔明知故問。

「金門菜刀的祕密啊！」美華也十足好奇的神情。

志翔笑而不答。

「我表哥說這樣託人傳話很累，他想加你的 LINE。」

「好。」

美華居中協助兩人交換帳號，互加朋友，連上了線。

「鈴——鈴——」翁宏岳隨即打來電話，急切的想知道答案，志翔卻故意將它切斷。

「你這是？」美華不明所以。

「別急，慢慢來。我把解答錄成音檔，再傳給他聽。」於是志翔開始錄音：

「林耀雄看見資料上寫著『金廈本是一體』，心想兩地都是門，似乎暗示著要將真氣從某個有門字的穴道，運到另一個有門字的穴道。可是金門有兩個島，一個是大金門，一個是小金門，需要細分出來嗎？感覺非常複雜。

「再看『金廈一體』，後面的解說文字：金門和廈門雖然隔著淺淺的海灣，但自古就有如生命共同體，互相依存。他又想，測試了好久，只有命門穴有比較特別的感覺，難道是把真氣從這個穴道運出去，最後再回來原本的這個穴道嗎？好奇怪呀！

「他想探索更多資訊以供參考。不久，他發現人的身體不只有一個命門穴，而是有三個命門穴，一大兩小。大的是督脈腰椎上，相對於肚臍高度的地方有個命門穴，小的是雙手小指中段處，也各有一個命門穴，是為兩個小穴位。換句話說，大命門穴暗指廈門，而兩個小指的命門穴，就是大金門和小金門。

「他又想，八二三炮戰時，炮彈由廈門射到兩個金門，如果對應到人體，那就是把氣從腰椎督脈的命門穴，運到兩個小指的命門穴。他試了之後，意外驚喜，因為兩個小命門穴居然會傳回更強的真氣，滙聚回督脈的命門穴。如此真氣一去兩回，在督脈的命門穴上越聚越豐厚，進而往上下溢出，貫通督脈，再與前面的任脈相通。

「可惜魏興始終沒有悟出密技，他只用慣常而平庸的方法練氣，終於在十三年之後，才打通了自己的『任督二脈』。」

志翔錄完後把音檔傳了過去，不久手機上顯示出傳來的訊息。

翁宏岳：湯之鮮怎麼會知道這個密技？

夏志翔：因為他當年曾在金門當兵，親身參與了八二三炮戰，他被困在炮彈炸毀的碉堡中，缺水缺食物，只能練氣來維持生命。炮戰給了他靈感，就這麼剛好，當時的局勢完全符合三個命門穴的特殊運行機制。

翁宏岳：難道炮彈鋼刀也是他發明的？

夏志翔：當然不是。那本來就是戰爭的特殊紀念品，湯之鮮不過是把密技隱藏在其中。

翁宏岳：你怎麼知道這些？我看都是你瞎掰的。

夏志翔：雖然這件事沒有寫在《少年廚俠》中，但我就是能讀出來。

翁宏岳：你的意思是，這故事是你從這套書得來的靈感？

志翔停下來，拍下這套書的照片，傳給翁宏岳。

翁宏岳：笨蛋魏興！林耀雄也呆，魏興不仁不義，林耀雄何必對他有情有義？

夏志翔：每個人都有自己要學習的人生課題，魏興無情無義是他家的事。林耀雄不受魏興影響，保有俠義的情操，難怪他後來成為人人景仰的大廚俠。

翁宏岳：我對這套書很好奇，你能借我嗎？

夏志翔：不能。

翁宏岳：為什麼？

夏志翔：因為我要送你。

翁宏岳：啊！為什麼？

夏志翔：我已經讀完了，而且熟記所有的情節。

志翔關了手機，把整套書交給美華，「請幫我把書拿去送給翁宏岳。」

「又要我當中間人。」美華故意裝出不耐煩的樣子。

「好人做到底，送佛送上天。我保證，這是最後一次要你當中間人了。」

「好吧！」美華捧過套書，調皮的眨眨眼睛。

第六話

竹編小畚箕

美華走了，志翔欣賞其他新進的貨物，發現一個青石刻的紙鎮，上面有一顆齜牙咧嘴的猛獸頭，感到很有趣，便拿起來欣賞。

沒想到美華回去才一個多小時，竟然又跑回來。

「救命啊！志翔。」

「發生什麼事了？」志翔驚訝又擔憂的問：「你把書給他，他生氣了嗎？」

「不是啦！我晚上才會拿書給他，書現在先放在我爸的攤位那兒。」

美華吞吞口水，吸口氣說：「是我家攤位有一個竹子編成的小畚箕，編得很漂亮，表面還因長期觸摸而呈現出古樸的光澤。有個客人王媽媽看了愛不釋手，卻遲遲不掏錢買。」

「嫌太貴嗎？」

「我爸也這樣猜，就主動給她打八折。沒想到王媽媽卻說：『不是錢的問題，而是現在的人打掃都用吸塵器，幾乎不用畚箕了，我不知道買這回去有什麼用途。雖然它很好看，可是光擺著當裝飾品，又覺得很可惜。』因此我爸想請你幫忙想想，這畚箕還能用來做什麼？」

「什麼畚箕？聽你這麼說，我真好奇。」

志翔說著放下了青石紙鎮，然後兩人往盧家的攤位走去。

一到攤位，只有盧彥勛一人在那兒，看到志翔熱情的招呼：「唉呀！救兵來了，天才銷售員趕快幫我看看啊！除了當打掃工具，這畚箕還能做什麼用呢？」

志翔把小畚箕拿在手上把玩，想了一會兒說：「盧伯伯，你可以請客人過來嗎？我想當面跟她聊聊。」

「太好了，她說要去附近的超級市場買菜，應該還沒回家。我來聯絡她。」

盧彥勛急忙撥打手機，「喂！王太太，我是舊貨攤的盧彥勛，你可以來我的攤位嗎？有個小朋友想跟你聊聊。」

不到半小時王太太就到了，是一位雍容華貴，又笑容可掬的婦人。

「盧老闆，你終於想到了，是嗎？」

「不是，是他找你，夏志翔小弟弟。」盧彥勛說。

「王太太你好。」志翔打完招呼，直接就問：「請問你會插花嗎？」

「我不會。」婦人搖頭。

「喜歡種花嗎？」

「沒有。」婦人說，「我平常很忙，假日當志工，沒時間照顧花花草草。」

「可惜，要不然把這個小畚箕掛在牆上，裡面種上蘭花或多肉植物，會很好看的。」志翔說完想了一下，又問：「請問你是本地人嗎？」

「不是，我的娘家在臺中。」

志翔一聽，低聲問美華：「我記得你爸說過，你表哥小時候曾經給他阿嬤帶過好幾年，對不對？」

「是啊！」美華點頭。

「等等可以請你用手機幫我錄音嗎？」志翔對美華說。

「沒問題。」美華即刻拿出手機，打開錄音軟體。

志翔開心的說：「王太太，這個小畚箕有個故事，你想不想聽聽看？」

王太太說：「哈！太棒了，我是社區圖書館的故事媽媽，我愛講故事，更愛聽故事。這個小畚箕的背後居然有故事，真是出乎我意料之外呀！」

志翔笑瞇瞇，一手托著畚箕，一手在裡面蹭著圈圈，說：「這個竹編小畚箕，是這樣用的……」

「我們人啊！來到這人世間的目的就是要吃苦的，這一世多吃一點苦，以後可以早日脫離輪迴，解脫得道。」

這是吳明益小時候阿嬤哄他吃麻芛羹時，最常說的一段話。他知道那是老人家為了不那麼抗拒苦味而說的，而他又自以為聰明的認為，那是她不知看了什麼宗教節目，面對自己一生勞碌的自我安慰……

車子一下南屯交流道，他便急切的貼著車窗，搜尋占據記憶的濃密綠意。記憶中，麻芛的嫩葉，網狀鋸齒邊的互生葉，在烈日下閃動青綠的光澤。記憶中，那濃密的綠意裡總是透出特殊的苦味，和微微的甘甜。

可惜，他失望了。時序進入秋末，零星夾在建築物中間的稻作都已收割，乾枯的田地裡只剩焦黑的稻桿，更不用說冷風一起葉子就會乾枯的甜麻，是完全不見蹤跡了。在高樓大廈蠶食鯨吞下，田地竟消失了那麼多，他很憂心阿嬤以前耕種的那一小塊田，不知還在不在。多年前在大度山幫阿嬤撿骨，就聽說那塊田地又換了主人，那主人不會是建商吧？

十二年前阿嬤過世之後，爸爸就把他接回臺北，也把那塊地和祖厝都賣掉了。是啊！那都已經是別人的財產了，跟他一點瓜葛也沒有，他擔心個什麼勁呢？可是，那是他生長了十年的土地，有他和阿嬤相依為命的難忘回憶，他心中總不由自主的牽掛著。

還記得那一年他才五歲，爸媽離婚，他的監護權歸爸爸所有，爸爸單身一人，無法兼顧工作和育兒，只好將他託給臺中的阿嬤照顧。

離開親愛的爸媽、臺北熟悉的公寓和小小的幼稚園，他驚慌失措，哭鬧不已。還記得阿嬤見到他時，說的第一句話是：「唉！可憐喔！明明是有父有母的孩子，現在卻像是沒父沒母的孤兒。」

阿嬤的家真可怕，磚造的矮房子陰陰暗暗的，沒有冷氣，只有電扇，夏天好熱好熱，夜裡悄悄爬出的蟑螂和壁虎像鬼魅，常常嚇得他驚叫失聲，半夜惡夢連連。阿嬤心疼，帶他去收驚喝符水，一邊不好意思的苦笑說：「唉！這孩子住在臺北享受久了，變成都市俗嘍！」

是啊！他真是個都市俗，連水田裡的稻子都不認識，而阿嬤田裡種的蔬菜，他一棵也都叫不出名字。在犁頭店市場阿嬤的菜攤上，她耐心的教他：「菜頭白白好吃過番麥，番麥硬硬好吃過龍眼。吃菜頭好彩頭，吃芹菜嫁著好翁婿，吃金瓜目睭攏未花，吃麻芛身體健康無地比……」押韻的句子像歌謠，他興味盎然的學著。

隔壁賣雞鴨魚肉的叔叔阿姨們看他可愛，常常過來逗他玩，他覺得自己像是什麼重要的人物，愉快的享受著尊寵。可是他也常常聽到他們對阿嬤搖頭嘆氣說：「唉！你一個老大人，還要帶一個小孩，真是艱苦啊！」而阿嬤總是揮揮手，笑說：「擱艱苦，日子還是要過，有這孩子陪我，我顛倒比較不會無伴，生活嘛比較快樂啊！」

那個市場有好多家打鐵鋪，每天都傳來鏗鏗鏘鏘的打鐵聲，加上人來人往，十分吵雜。相較於那裡，他比較喜歡跟阿嬤到田裡玩。那兒好寬闊，抬頭就是藍天白雲，低頭盡是青翠的田地，是臺北看不到的陽光景象。那通常是傍晚時分，阿嬤收了攤，做晚飯前，到田裡澆水、除草、施肥。一開始他呆呆的看著阿嬤，望著燦爛的夕陽和滿天的雲彩，不知道自己該幹什麼。但等他熟悉了壁虎和蟑螂，不再畏懼之後，他發現田裡有許多寶貝：散步的白鷺鷥，跳水的綠青蛙、扭動的紅蚯蚓、鑽洞的黑蟋蟀，還有滿天飛翔，數也數不盡的橙色蜻蜓。光是捕抓牠們，或是驅趕牠們，就已經是很有趣的遊戲了。

炎熱的夏天，阿嬤會利用煮飯的空檔，摘取甜麻的嫩葉放在竹編的小畚箕上揉洗，然後配上番薯和一小撮吻仔魚煮成麻芛羹。阿嬤說，麻芛羹營養好，又退火，在夏天多吃幾碗，可以止飢又可以消暑。

還記得第一次喝麻芛羹時，意想不到的苦味使他皺著眉吐出來。在他的喜惡中，那是和苦瓜一般不受歡迎的東西，就像他從來沒有給苦瓜好臉色看，他緊閉著嘴，不肯喝下第二口。

他的強烈反應，阿嬤似乎早有心理準備，她一點都不生氣，只是用湯匙舀起濃綠的湯汁，亮出沉浮其中的白色吻仔魚和番薯塊，輕柔的說：

「乖孫啊！你看這幾隻魚仔多可愛啊！這綠綠苦苦的麻芛是阿嬤，黃黃甜甜的番薯是你，阿嬤用太白粉將我們緊緊的牽連在一起。你看，這些魚仔就在阿嬤和你之間游來游去，游來游去，多麼可愛啊！來，你將它喝下去，讓小魚在你肚子裡游來游去，然後你就會快快長大。」

「嘻！」

他不懂為什麼阿嬤是麻芛，他是番薯，但是他讓阿嬤煞有其事的口吻和神情，還有小魚游來游去的想像逗笑了。他願意吃下第二口、第三口、第四口……。而就在他吃第三口的同時，他聽見她說：「我們人啊！來到這人世間的目的就是要吃苦的，不要怕吃苦，這一世多吃一點苦，以後可以早日脫離輪迴，解脫得道。」

「嗯！」他微笑點頭，雖然內心完全不懂其中的含意。

鄰居年齡相仿的小孩兒是他的好玩伴，他們教他灌蟋蟀、挖蚯蚓、釣青蛙，還拿他們家的小畚箕假扮獅頭，玩起舞獅的遊戲。他開始覺得好玩，而不再那麼思念臺北了。

常常他在大太陽下玩耍，滿身大汗，氣喘吁吁，回到家想找什麼解渴，阿嬤從冰箱中端出來的，便是那鍋前晚喝剩的麻芛羹。他搖頭，想喝汽水、果汁、冬瓜茶，可是阿嬤說飲料會害人蛀牙，還是麻芛羹最好，解渴、消暑又有營養。他別無選擇，只好勉強吞下那微苦微甘的綠汁。

久了之後，他習慣這滋味，如果冰箱中沒有了，他竟還會主動叫阿嬤煮給他吃。甚至有幾次，他在一旁扶著小畚箕幫忙阿嬤攪拌，撈除泡沫，放進超出比例的番薯和小魚，逗得阿嬤笑他浪費。可惜，這彷彿上天賜予人們對付酷暑的解藥，只有在夏天才吃得到。阿嬤的田裡，從清明過後開始種甜麻，一個半月採收一回，到了十月，冷涼的秋風一吹起，阿嬤就不再播種了，改種適合冬天生長的高麗菜和大白菜。

兩年後，他上了國小，發現身邊有許多同學住在高樓大廈，才知道，犁頭店位在市區的邊陲，是都會人眼中的鄉下。學校裡，老師教唱〈兩隻老虎〉、〈捕魚歌〉、〈紫竹調〉，他開始覺得阿嬤教他的〈天黑黑〉、〈白鷺鷥〉、〈草螟仔弄雞公〉好土。而假日裡跟著阿嬤在市場賣菜，遇見同學和他們的媽媽，也會讓他感到難為情。

同學們訂了合作社的牛奶，天天送到教室裡，他心中羨慕，要求阿嬤給他訂，阿嬤卻為難的說：「一天十塊錢，一個月要兩百塊，太貴了，阿嬤一天也賺不到那麼多錢，買不起啊！不過沒關係，我帶你去買米麩來泡，比牛奶好喝，一包可以喝上半個月。」

於是，她牽著嘟起嘴的他，在一家打鐵鋪旁的米店，買了一包幾十元的米麩，他不甘心，哭了。阿嬤又買爆米香給他吃，有了香甜的補償，他才破涕為笑。

等他的年紀長到開始懂得注重外表時，還要求阿嬤比照同學的名牌服飾，帶他去百貨公司買新衣。阿嬤拗不過他，帶他搭公車到火車站，在第一廣場和遠東百貨繞了好久。每看一件衣服，阿嬤就咂舌搖頭，拉他離開，最後多走了好多路，終於在中華路夜市買了兩件便宜的地攤貨。他疲憊不耐煩，更有憤恨受騙的感覺，氣得心中發誓，將來長大一定要自己打工賺錢，隨意花用。

說阿嬤吝嗇，似乎又不是那麼回事。十二歲那一年，她帶他去萬和宮拜媽祖，安太歲，點光明燈，加上香燭水果，花了一千多元。他真的不知道她的腦子裡想什麼，就像他總是搞不懂她老是哄他吃麻荓羹，不願他喝汽水、可樂、紅茶，而掛在牆上的小畚箕，常常是溼淋淋的。

等他上了中學，略略體會人世的複雜，才從阿嬤和爸爸的對話中知道阿嬤的辛酸。原來早逝的阿公，生前在外面養女人，家裡的花用全是阿嬤種菜賣菜辛苦得來的。她好不容易養大了爸爸和叔叔，叔叔卻在吳明益出生之前車禍喪生了。爸爸離婚時付了大筆的贍養費，後來經商失敗又賠了不少錢，阿嬤也都一點一點的幫忙還著。還有她長年彎腰種作，傷到坐骨神經，常常引發大腿痠麻脹痛，必須打止痛針才能舒服幾天。

這些苦難，阿嬤從沒對他提起。他恍然憶起那一趟百貨公司之旅，難怪她東挑西撿不捨花錢，難怪她常常皺著眉心，停下腳步揉揉大腿和膝蓋。他開始自責，並且主動扛起田裡的工作。

看他懂事了，阿嬤很高興，可是來不及為她多做些事，止痛藥已經深深的傷了她的肝腎，讓她先一步離開人間。

阿嬤過世之後，爸爸帶他到臺北讀完中學，後來他到高雄讀大學，在新竹讀研究所，到臺南當預官，南來北往的，可他心中常常惦記著的風景，卻是臺中犁頭店的那一片麻園。

正因為如此，他婉拒竹科同學的邀約，謝絕爸爸新家庭的慰留，決定到中科找工作。他以這個城市年輕，深具發展潛力為由說服了他們，其實心中懷想的是要定居在阿嬤的故鄉，好彌補些什麼。

老厝和那一塊田還在嗎？車子轉入犁頭店，老街的打鐵鋪還剩一間，米麩店也不變，而萬和宮似乎整修過，比以前更炫麗了，那表示人們還念舊，他胸中鼓起一些信心。

繞過一個彎，他找到老厝的位置，卻已經翻起一座高樓，屋中人影幢幢，他心中無限感慨。還好，老田還在，菜畦上種了白菜和甘藍，只是附近的新樓房逼近眼前，他嘆息這一塊地不知還能翠綠多久？

繞回市場，搜尋足以與記憶重疊的影像，可是十二年了，人事全非，那市場看似熟悉，實則陌生。

他找了一家菜攤，故意提起麻芛，人家笑說：「一個月前就斷貨了。

想吃等明年夏天吧！不過最近農會推廣股把麻芛乾燥磨成粉，用來做糕餅，你可以買來吃看看。」

他十分嘆服於推廣人員的用心，於是按著指引來到一家糕餅店，買到了綠色的麻芛蛋糕，興奮的模樣如獲至寶。可惜，他又失望了。蛋糕鬆軟卻沒有羹湯的水潤口感，為了迎合大眾口味，幾乎去除了所有的苦味，跟阿嬤的麻芛羹天差地別。

這幾天，他在附近租了房子，也到中科應徵，找到合意的工作。得空時，他仍不死心到處打聽麻芛的蹤跡，終於，在市農會問到了。一個種甜麻的老阿伯收了最後一批麻芛，冷藏了五、六天，留著自己吃。他趕緊找到他家，買到夢寐以求的綠意。

他心中狂喜，買了電磁爐、鍋子、竹畚箕、番薯、吻仔魚、太白粉和調味料，準備為他的新家舉行起灶大典。

他回想兒時情景，耐心的學阿嬤挑揀嫩葉，摘除葉脈，揉洗苦汁。接著，在鍋中先煮番薯，再放入麻芛，不停的攪拌，以免鍋底燒焦，又撈除那不斷生出的泡沫。他連番薯和小魚的分量都仿照阿嬤的做法，就怕失去那熟悉的味道。

終於，麻芛羹煮好了。他趕緊將連鍋端起放進冷水中冷卻，免得麻芛過熟轉黑。不等它冷透，他迫不及待的舀了一大碗，莊重虔敬的喝上一口。

「嗚！」一股濃烈而錐心的苦味驟然扭曲了他的五官，他含在口中，不知該吐出還是該吞下。

怎麼這麼苦？不像阿嬤煮的微苦微甘，香滑順口。

他檢討每一個步驟，似乎沒有任何差錯。

可是忽然間，一個畫面映進他的腦海，那是阿嬤蹲在地上，在水管下費勁揉洗，粗皺的皮膚，腫節的手指，還有因喘息而顫動的身影。

想來是阿嬤嘴裡常常勸他多吃苦，心裡卻又捨不得讓他吃得太苦，因此一次又一次，不厭其煩的洗去多餘的苦汁，而他卻是遲到今日才體會到這份愛心。

他慚愧的嚥下那一口濃苦的羹湯，心疼的溼了眼眶。

◇ ◇ ◇

王太太把小畚箕捧在懷裡，感動的說：「這是我聽過最好聽的故事了。」

說完馬上掏錢買下。

盧彥勛問：「不好意思，我孤陋寡聞，說來說去，這麻芛羹是什麼東西啊？我怎麼沒聽過呢？」

王太太說：「那是臺中南屯地區的特產小吃，夏天時當點心吃，苦苦的，可以退肝火預防中暑，我小時候吃了不少。去年暑假我帶孩子回娘家，傳統市場還有人在賣呢！」

盧彥勛問志翔：「你怎麼會知道麻芛這東西？你吃過嗎？」

志翔笑說：「我沒吃過，我是在書上看到的。」

「哪一本書？」美華好奇。

「《走讀大臺中》，裡面詳細介紹了大臺中各區的地理、歷史、特產、典故等等。」志翔答，「我對麻芛羹感到很好奇，不知道是什麼滋味？」

王太太說：「這樣好了，今年暑假我回娘家時，買一包回來請你們吃。」

「真的？」志翔好開心。「謝謝王太太。」

「我還以為你買這個小畚箕，是想自己做來吃呢。既然不自己做的話，這個小畚箕就沒用處了。」盧彥勛惋惜的說。

王太太說：「喔，不！這個故事很感人，我打算拿這個小畚箕給孩子看，順便跟他們講這個祖孫情的故事，也向他們介紹臺中的特產。」

「原來如此。」盧彥勛感嘆的說：「社會變遷，現在很多孩子都是祖父母帶大的呀！」

「是啊！」王太太點點頭，然後轉身對志翔說：「你講的故事好好聽，可不可以邀請你，下個年度到圖書館講故事給小朋友聽呢？」

「沒問題。」志翔慷慨答應，「騙小孩，那可是我的專長喔！」

美華興奮的嚷說：「志翔講故事，我也要去聽。」

「哈哈！」盧彥勛聳聳肩，故作無奈。「看吧！我家的小孩，已經被騙得團團轉了。」

志翔轉頭對美華說：「你今天晚上拿書給宏岳時，順便放剛才的錄音檔給他聽。」

「我早就知道了。」美華笑著，很有默契的說。

第七話
青石獸首紙鎮

第二天，志翔找了一個空閒的時間，主動打電話給翁宏岳。

手機響了幾秒鐘後，另一頭傳來：「夏志翔，你竟然敢打來？」

「哈！」志翔用不在乎的口氣說：「你應該說，夏志翔，你竟然『肯』打來。」

「你這小子真跩，會講故事有什麼好跩的？」

「我再怎麼跩，也沒有你跩，宏岳老大。」

雖然對話的內容不客氣，但雙方都感受到一種屬於老朋友在開玩笑的親切感。

「怎麼？找我這老大有什麼事嗎？別問我書看得怎麼樣，我昨晚才拿到，還沒時間讀。」

「跟那套書無關，而是我想出一個鬼故事，跟一個舊貨有關，你要不要聽聽看。」

「鬼故事，太好了，我喜歡聽鬼故事，越恐怖越好。」

「那好，我先把那個青石獸首紙鎮拍照，寄給你看。」

志翔拍好傳出後，又跟宏岳通話：「你要有心理準備，我要講了。」

「我看到了，很酷的猛獸，好刺激！快快快！」手機的那頭，宏岳已經洗耳恭聽。

◇ ◇ ◇

這條綠色隧道是省道的分支，位在嘉義縣朴子溪的河堤邊，由上百棵百年芒果樹夾道而成，蓊蓊鬱鬱蜿蜒一公里多，景色非常優美。然而，傳說最大的彎道那兒常常出現奇怪的黑影，伴隨著悲戚的哭泣聲，讓路過的人毛骨悚然。

兩年前附近村子有頑童跑去那兒玩耍，結果突然翻白眼，吐白沫，全身抽搐，被家人送去收驚。道士請神明降乩，一查問，說是三魂丟了一條，七魄少了三個，都被妖魔抓走了。道士忙唸「收魂經」，畫「攝魄符」，給他嘴裡灌了大量的符水，孩子才漸漸轉醒。

村民央求道士前去收妖除害，只見他往大彎道方向望了半晌，回身凝眉搖頭，無力的說：「那可是一隻恐怖的妖怪，你們還是躲遠一點就好，不然要出人命的。」

「對對對！我記得四、五年前那兒發生過死亡車禍。」一個村民提醒大家。

「啊！」眾人一哄，個個點頭拍胸，交頭接耳議論起來。

從此村民都不敢再走那條路，如果需要穿越兩頭的路口，也是儘量繞遠路。那兒甚至成了對話的禁忌，大家儘量不談，彷彿光是「多說一句」都會遭殃。

不過外地人不知道這些，常有人受到美景吸引來這兒觀光。就像阿俊和小智騎著腳踏車遠從中壢出發，兩天後抵達了綠色隧道和省道交接的路口……

這兩天，阿俊一路上提醒小智要儘量騎慢一點，因為他不想「太早」回家。

他們沿著省道南下，計劃逆時針方向環島一周。正值暑假，頂著炎夏的大太陽著實辛苦，最開心的就是遇上陡峭的下坡路段，一路往下俯衝有如風馳電掣，暑意全消。

不過那樣的路段不多，就像現在日正當中，滿身大汗的他們只想趕緊躲進陰涼的地方休息，因為他們的腳很痠，膝蓋也疼。

小智指向右前方，省道旁延伸出的一排濃密綠樹。

他們轉進去，發現是條完美的拱型綠色隧道，一對對樹幹粗壯、枝葉頂天的芒果樹將他們圍繞，綠蔭下涼風徐徐，感覺十分舒爽。他們把車停在路旁喝水休息，伸展筋骨。

「來，遇到綠色隧道要這樣玩，我教你。」小智一咕嚕躺在地上。

「你在幹什麼？」阿俊驚訝的問。

「唉呀！躺下來看天空，放空腦袋，什麼都不要想了。」

「這樣躺在馬路上很危險。」阿俊擔心的說。

「沒車啦！這兒看起來很隱密。」小智眼睛一閉，意有所指的說：「敢離家出走的人，還怕什麼危險？」

「呵呵！」阿俊苦笑一下，學小智在柏油路上躺成大字形。

哇！眼前的世界全變了樣。沒有車馬喧囂，沒有人來人往，只有片片翠綠交疊，天光雲影在枝椏間飄動，彷彿身在高峰之巔。

阿俊瞇起眼睛，聽見蟬聲啁啁，微風輕吹臉龐，帶來一陣清香。不久後，他好奇的撐起上身，這才發現背後是一片蓮花田，朵朵紅蓮在綠傘般的荷葉間，靜靜的挺立。

小智不愧是阿俊的好麻吉，上星期聽見阿俊的牢騷，二話不說就答應陪他去環島，一路上一起吃吃喝喝，說說笑笑，現在還貼心的教他如何欣賞風景。

經過這兩天來的身體勞動，阿俊的心已經沒那麼煩躁了。學測考不好的打擊、玩電動被斥責、和爸媽大吵一架的憤恨，甚至一度想不開而想

「人間蒸發」的念頭，都隨著汗水和喘息慢慢排出體外。

想到這兒，阿俊再度躺下，把心思轉回田間。

忽然，一團黑影在樹梢掠過。阿俊嚇一跳，因為那個影子很大，不是小鳥，也不像人……

「阿俊，快起來，快起來——」

阿俊感覺自己被人拉扯，發現是小智慌張的拉著他的手。

「叭——叭——」轉頭一看，一臺九人座的休旅車疾駛而來。

阿俊急忙往外跳開，卻感到頭部遭受撞擊，異常疼痛。

「啊——」阿俊抱頭蹲下。

「亂躺在路上，你們找死啊？」司機停下車對他們大叫。

小智驚慌的問阿俊：「你有沒有怎麼樣？」

阿俊無法開口回答，因為他暈眩不已，眼前黑暗一片。

「走開！別來吵我……」一個男生的聲音從黑暗中傳來。

「你是誰？」阿俊疑惑的問。

「我叫林明添，人家叫我阿添。你們快離開，別吵……」

「吼——」忽然一聲巨吼取代了男孩的聲音，黑暗中浮出一個龐然大物。阿俊看見一張血盆大口對他咆哮，一雙燃燒的眼睛，猶如荒郊暗路上疾駛而來的車頭大燈，惡狠狠的朝他衝撞過來……他驚恐不已，感覺心臟往地獄急速下沉……

「啊——」阿俊從可怕的幻境中驚醒。

「你還好嗎？頭會不會暈？想不想吐？頭很痛嗎？」小智擔憂的望著阿俊，「有沒有腦震盪啊？你怎麼會去撞芒果樹呢？真是的。」

「嗯？」阿俊張開眼睛，視線漸漸清晰。他揉揉前額，眨眨眼，感覺不暈也不痛了，但仍心有餘悸。

「你們怎麼還不走？我最討厭有人吵我。」

「啊？」阿俊好驚訝，恍然想起剛才黑暗中的對話。「你……你是阿添嗎？」

「快滾！」

「阿俊，你在跟誰講話？」小智納悶的問。

阿俊轉頭看小智，又看看四下無人，心裡覺得奇怪。

「你沒有聽見有人在講話嗎？」阿俊問。

「沒有啊，除了剛才那個罵人的司機。」小智聳了肩。

「喔……」阿俊緊張起來，「走，我們趕快離開這裡。」

小智回頭牽腳踏車，忽然伸手指著前方，猛回頭興奮的說：「那個……那不是歌手弦彬嗎？你的偶像弦彬啊，快看！」

阿俊從他指的方向看去，發現剛才那一臺休旅車已經停在綠色隧道的入口，一群人站在車旁，簇擁著一個衣服光鮮，高大帥氣的大男生。阿俊直起身子，仔細一看，那個大男生真的是他最愛的歌手弦彬。

「嘿！是耶！」阿俊咧開嘴，一股中獎的興奮感襲來，心臟撲通亂跳。「是我的偶像弦彬，是弦彬，是弦彬，我這是在做夢嗎……」

「夢你個大頭啦！」小智輕拍阿俊的後腦勺。「看你樂的。可惜他不是我的偶像，我的偶像是周紫芋。」

「你看，車後方用黃布條拉起封鎖線，有人拿攝影機，有人拿反光板。」阿俊踮起腳尖，認真眺望。「他們好像是來出外景拍片的！」

一個老先生手拿黃布條朝他們走來，並對他們說：「小朋友，唱片公司來這裡拍MV，這條馬路要暫時封鎖，請你們離開。」

「怎麼可以這樣？馬路是大家的，憑什麼趕我們走？」阿俊抗議，雖然他們只是停下來暫時休息，但是剛才那個怪異的聲音趕他走，現在又來了，這樣接二連三的被人驅趕，令他感覺不舒服，尤其這種命令的口氣跟他老爸超級像的，更是讓他覺得反感。

「我是這裡的村長，他們有申請路權，等一下警察局還會派人駐守在路口。我再說一次，你們快走開，不要妨礙人家拍片。」村長臭著臉，威嚇的說。

「我不走，我要看拍片，我是弦彬的粉絲。」阿俊轉頭給小智一個眼色。

「對！我們是弦彬的粉絲，我們要簽名。」小智很有默契的偽裝成粉絲，伸手進背包搜索一陣子，拿出一件汗衫，一陣酸味飄出。「我沒帶紙筆，就簽在這件衣服上！」

「我也要。」阿俊也拿出一條充滿汗臭味的運動褲。

「你們不要鬧了，快走開。」村長又下令。

「我們要去找他簽名。」兩個男生極力爭取，三個人因此爭執不下。

「怎麼了？」一個戴鴨舌帽的馬尾女生跑過來詢問。

阿俊和小智重提看拍片和簽名的事，阿俊還說：「如果把我們趕走，我要上網跟我的一萬多個IG追蹤者說，弦彬對他的粉絲不好。」

「對！不幫粉絲簽名就算了，還凶巴巴的趕人走。」小智幫腔說。

「啊！真對不起，我是弦彬的宣傳人員啦！」馬尾女生聽見威脅，急忙鞠躬道歉，安撫說：「我馬上請他幫你們簽名，你們想看拍片也沒問題，我知道這種機會很難得，但是請到攝影機後面，不要出現在畫面中，尤其不要出聲音，拜託拜託！」

「耶！」阿俊和小智擊掌，連忙跑去會偶像了。

村長趕忙跑往綠色隧道另一頭，要在路旁左右相對的兩棵樹間拉起封鎖線，形成路障，阻擋人車進入。

弦彬看到粉絲拿著臭衣服要簽名，一時傻眼，不過他不愧是專業的偶像，即刻勉強憋氣忍住不悅，露出燦爛的笑臉，拿出口袋裡的油性筆幫他們寫了。

「我要拿去學校跟同學炫耀。」阿俊高舉簽了名的褲子，開心的跳起來。

「嘔……嘔……」小智才剛要搭話，突然翻白眼乾嘔起來，把在場所有人都嚇了一跳。

「你怎麼了？」阿俊害怕又擔憂的問他。

「嘔……啊……我……好難過……不要推我……啊！不要一直推我……」小智閉著眼睛，眉頭深鎖，痛苦的說著，然後莫名其妙開始甩頭。「啊！嗚！嗚嗚嗚！嗚嗚嗚……」

導演指著馬尾女生罵說：「你在搞什麼？帶陌生人來幹麼？現在是怎

樣？什麼時候才能拍片？」

女宣傳好焦急，伸手要把阿俊和小智推到車子後面。就在拉扯間，小智忽然不嘔了，就像沒事發生過一樣，笑著說：「我們就站在導演後面十公尺，絕對不會干擾你們拍片。」

村長這時才綁好對面的封鎖線，快快走過來，催促著導演說：「你們快點拍，不然等天色暗了可不好，這裡不平靜……」

「廢話！天色暗了我拍個屁呀！」導演氣還沒消，指著每個人分派工作，然後大喊：「快點就位！」

「我要握手！」小智人來瘋似的跑向前，雙手握住弦彬的右手，上下晃動。「我好崇拜你，我從八年前你開始出道時就喜歡你了，你的每一張唱片我都有買，我還收集了很多你的照片喔！」

弦彬無法拒絕，又怕導演生氣，既為難又尷尬。阿俊卻愣在一旁，心想：小智，你也演得太過了吧。

這個舉動果然惹怒了導演，他對小智大叫：「小朋友，快點到後面來，不要妨礙我們工作。」

小智不理他，又抱住弦彬的腰，宛如獲得珍寶雀躍不已，臉上露出陶醉的表情。

「這個小智在搞什麼？太誇張了。」阿俊感到十分錯愕，轉頭看導演，又回頭對小智焦急的說：「小智，好了啦，不要害我們被趕走。」

「你到底鬧夠了沒有？滾開！」沒等導演發飆，倒是溫和的弦彬變臉，怒氣沖沖罵人，把小智的雙手撥開，還用力推他，害他倒退三公尺跌在地上。

「嗚……嗚嗚……」小智像個被人奪走糖果的孩子，賴在地上痛哭。

「宣傳！宣傳！快把人帶走，知道浪費這些時間要花公司多少錢嗎？」

導演氣急敗壞的對馬尾女生下指令。

馬尾女生急忙過來把小智拉走，並叫他安靜。阿俊走到小智身邊，調皮的笑著說：「夠了，別鬧了，你今天怪怪的喔！你的偶像不是周紫芋嗎？」

「胡扯！我愛弦彬，超愛的，從我國小六年級開始已經好幾年了，我不但有買他的唱片，還收集了一百多張他的照片，結果……都被我爸撕毀了。」小智委屈的說著，忽然豎起眉毛，漲紅臉很生氣的樣子。「可惡的弦彬！我那麼愛他，甚至因為他而死，他竟然把我推倒，真是教我寒心，嗚……我的心碎了，嗚嗚……」

「不要再發出噪音了！」導演轉頭對他們咆哮。

馬尾女生又拉小智往後面走，阿俊也伸手去拉小智，要他安靜。

然而就在阿俊的手碰到小智的手臂時，「吼——」一聲巨吼在阿俊腦中爆出，他恍然看見一顆龐大的猛獸頭，張開血盆大口在狂吼，銅鈴大的眼睛中燃燒著熊熊火焰。

這不正是我剛才看到的妖怪嗎？他嚇得急忙縮手，驚恐的說：「你不是小智，你是……你是……」

「我是阿添。」小智回頭冷冷的白了他一眼。

「你是妖怪？」阿俊心涼了半截。

「不，我是鬼，比妖怪高級多了，你們侵入了我的地盤。你，你，你……」他指著阿俊、馬尾女生、導演、村長、弦彬和其他工作人員。「你們都給我滾！」

「小智呢？你把小智抓去哪裡？」阿俊焦急的問。

「對了，還有他。」小智手指著大彎處的那棵芒果樹，「他在那邊哭很久了，哈哈，膽小鬼。」

「不要再吵了！」導演又轉頭大叫。

「哼，我要你們好看，啊！啊……」小智仰天長嘯，擺明就是搗亂。

「太離譜了！」導演忍不住怒氣，叫村長、攝影師、燈光師都過來幫忙趕人。於是他們和馬尾女生合力拉住小智的雙手，又抱他的腰，把他抬著走。

「吼——」小智發了瘋似的大叫，所有碰觸到他的人都像觸電一般呆住，彷彿看見了可怕的景象。阿俊知道，他們也看到了自己腦海中的那隻凶暴的妖怪。

小智張牙舞爪甩開拉住他的每一隻手，大叫：「弦彬！快跟我道歉，我要弦彬跟我道歉，否則我不會善罷干休，我今天會這樣都是因為你，都是你害的，你竟然這樣傷我的心，嗚嗚嗚……」

大家見狀只能放開手，紛紛退後幾步，面面相覷，然後看向弦彬。村長恐慌的對弦彬說：「你趕快，他不是人，不……應該說他被附身了……」

「我到底做錯了什麼？你吵得我們無法好好拍戲。」弦彬沒聽懂村長的意思，走過來瞪著小智，又轉頭對阿俊說：「你的朋友太過分了，你快把他帶走！」

「他不是我那個朋友，他是……鬼。」阿俊幽幽的說。

「啊？」弦彬錯愕的的表情，懷疑自己聽錯了。「你說什麼？」

其他人都點頭，村長還說：「這一帶本來就有妖魔，誰知道真的現身了。我們平常是不來這裡的，所以勸你們天黑前快拍完。以前有個高中生飆車，在大彎道那裡撞到樹死掉了，在那之後這裡就不太平靜，還有人被妖魔抓走了魂魄……」

「亂講，是他大熱天跑到蓮花池邊玩，自己中暑的，別賴給我。」小智生氣的辯解。

「好吧！你說，你要怎麼樣才會停止吵鬧？」弦彬吸口氣，也不想弄懂細節，只想解決眼前困境。

「唱首歌給我聽，而且要專門為我唱。」小智翹起下巴，跩跩的說。

「哪一首？」弦彬又問。

「嗯……」小智想了一會兒，「就唱〈回家〉好了。」

「喔！怎麼又是這一首。」弦彬有些驚訝。

「怎麼了嗎？」小智問。

「我的歌有一百多首，上次我開演唱會，也是有人特別點這首歌，」弦彬說，「而且居然是個中年人，我一直以為我的粉絲都是中學生和大學生呢。」

「因為這首歌好聽啊！」小智慧黠的笑。

「事情是這樣的，」馬尾女生興奮的接話說：「我們在企劃演唱會時，公司收到一封一位爸爸寄來的信。他懇求弦彬為他的兒子唱〈回家〉，因為兒子是弦彬的超級粉絲，卻因為爸爸擔心他沉迷偶像，而撕爛了他收集的所有照片。」

「也就是我的照片啦！」弦彬笑著說，「他說兒子在盛怒之下弄傷了他，然後跑出去飆車，結果出車禍撞死了。爸爸感到十分後悔，後來道士在車禍現場招魂時，也一直招不到魂，他擔心兒子成了孤魂野鬼，因此希望我唱這首歌，讓他兒子早點回家。」

小智突然愣住了，一句話都不說。弦彬看他沒再提出要求，便開口清唱起來：

「我在飛翔，
找尋目標，

我在遨遊，
尋找驛站。

有人有家不回家，
有人沒家想有家。
你羨慕別人沒有家，
別人羨慕你有個家。
到底是誰才有家？
究竟是誰沒有家？
一盞溫暖的燈光，
一碗熱騰騰的白飯，
不需要親切的問候，

一個可以完全放心疲累的地方。

終於找到目標，

最開始出發的地方。

回家，

不是每個人都有家，

回家，

不是每個人都沒有家。」

阿俊看著偶像引吭高歌，心中歡欣不已，不知不覺蹲下來手捧臉頰，衷心陶醉在優美的歌聲中。然而等弦彬唱完時，大家才發現小智竟然倒在地上，昏迷不醒。

「小智，小智。」阿俊猛力搖他的肩膀，終於看到他緩緩睜開眼睛。

「咦？你們怎麼都圍著我？」小智困惑的看著大家，「拍完了嗎？還是還沒拍？怎麼了嗎？」

「小智，你終於回來了。」阿俊抱住小智，喜極而泣。

「好了，終於可以開工了，太陽快下山了，快點！」導演一聲令下，所有工作人員都各就各位，準備工作。

阿俊和小智也不看拍片了，牽著腳踏車默默離開。

「寫那封信的人是我爸爸。」

「啊！你又出現了。」阿俊聽見腦中的聲音，驚訝的想著。

「對。」

阿俊發現自己不用講話，也能跟阿添溝通，因此他繼續想著：「你是說，是你爸請弦彬唱歌給你聽？」

「一定是他。」

「事情是怎麼發生的？」

「他看我沉迷弦彬，功課退步，就偷偷把我收集的照片拿去他的書房。我去找他要，他把我罵了一頓，然後在我面前把那些照片都撕爛。我一氣之下，拿起書桌上的紙鎮朝他丟去，害他頭上流血，跌坐到地上唉唉慘叫。我又害怕又生氣又慌張，急忙騎上機車逃家，我狂飆了半小時轉進這兒，卻不小心在大轉彎處撞上芒果樹幹，當場死亡。」

「原來是這樣。」

「道士來招魂時，只有我媽來，她拿著香，哭著對空氣說：『爸爸受傷住院了，沒辦法來，但他已經原諒你了，快跟媽媽回家。』可是我沒臉回去，而且我那時氣還沒消，因此就這樣在綠色隧道裡晃呀晃，直到現在。」

「多久了？」

「六、七年了吧。」

「你既然不是妖怪，為什麼我一直看到一隻凶暴的妖怪？」阿俊終於提出這個梗在心頭的疑問。

「這隻嗎？」

「吼——」阿俊的腦海中瞬間顯現一顆妖怪的頭，那血盆大口和銅鈴大眼如在目前。「對，就是牠。」

「那是我砸向我爸爸的青石獸首紙鎮，我好後悔，嗚……」阿添嗚咽起來。

「原來那是紙鎮的造型啊！」阿俊恍然大悟，繼續關心的問，「你接下來有什麼打算嗎？繼續留在這兒？」

「不，我想回家了。」他停止哽咽，堅定的說。

「你家在哪裡？」

「斗南。」

「走吧！上車，我帶你回去。」

阿俊忽然感覺腳踏車後座有了動靜。他微微一笑，停車回頭，對小智說：「走！我們回家去。」

「什麼？不是要去環島？」小智納悶的說。

「下次吧！」阿俊不好意思的微微一笑。

◇ ◇ ◇

由於故事裡頭有許多人物，志翔還一人分飾多角，刻意裝成不同人的聲音，像單人演出廣播劇那樣，儘量把鬼故事說得生動感人。

「夏志翔，你很故意。」宏岳的口氣壓低，明顯露出不悅之情。「你明知道我不想回家。」

「沒錯，我是故意的。」志翔接話說，「但我也沒有勸你回家。」

「你就不怕我生氣？」

「你生氣也是應該的。」

「哼！」

通訊瞬間斷了。

志翔不以為意，看媽媽在顧攤子，便回頭去躺椅那邊半躺著看書。

吃過中餐的便當，到了下午，一位年輕的客人出現。

江夢蝶看見，熱情的招呼：「來，帥哥，歡迎光臨，隨便看看。」

志翔抬頭一看，竟然是宏岳。

「啊！」

兩人四目交接，殺氣騰騰，似乎下一秒就要發生衝突……

第八話

王爺公的平安符

「你們認識啊？」江夢蝶感受到奇特的氣氛，緊張的問。

「哈！」志翔先笑。

「哈！哈！」宏岳跟著笑。

「哈！哈！哈！哈！哈……」兩人一起仰天大笑。

「發什麼神經啊？現在的孩子都這樣怪怪的嗎？」江夢蝶無奈的聳聳肩，捧起時尚雜誌，在一旁躺椅坐下。

這時夏若迪從郵局回來，江夢蝶馬上站起來說：「交接，換我去買菜，我晚上要做水餃的材料還沒備齊呢！」

夏若迪說：「現在時機不好，簡單吃就好，別花太多錢。」

「你放心，我的水餃包的是素料，但是美味不打折。」江夢蝶說完便騎上機車離開。

夏若迪望著宏岳，心有餘悸的說：「是賴桑叫你來的嗎？」

「不是。」宏岳笑說，「是我自己要來的。」

「什麼意思？」夏若迪仍然警戒。

「沒事啦！爸。你忘了嗎？宏岳已經把那條子彈項鍊交給我們了。」

「喔！對，我還寫著『非賣品』呢！」夏若迪指著攤子一角，「喏！在那兒。」

「呵！那個不重要了。」宏岳說。

志翔看宏岳是個直率的人，開門見山就問：「所以，你決定脫離黑道了嗎？」

「嗯，我不跟他們去討債了。」宏岳點頭。

「很好，可是，他們願意放過你嗎？還有那個跟你一起來討債的人。」

「其實我剛加入他們不久，那個刺青的人雖然是黑道，不過只是小弟之一。我們會一起討債是賴桑臨時把我們湊在一起，我跟他也不是很熟。而且離開這種事不是他說了算，得要金剛老大同意才行。」宏岳說。

「金剛老大？聽起來很有地位的感覺。」

「沒錯，要不是我姨丈去找他談，他應該不會那麼容易放過我。」

「姨丈？你是指美華的爸爸嗎？」

「對啊。」

「怎麼可能？」

「姨丈很有膽識的，他看我把子彈項鍊交給美華，就帶了一瓶陳年高粱酒單槍匹馬去找金剛老大。他們先乾一大杯酒，然後聊汽車，聊政治，然後一起罵同一個政客，最後才說到我的事。他說我很聰明，是讀書的料，希望金剛老大高抬貴手，放我回去當讀書人。」

「金剛老大不會同意了吧？」

「他點頭了。」

「為什麼？」

「我姨丈跟我說，」宏岳又說，「金剛老大會出來混黑社會是因為小時候生活困苦，又不愛讀書，沒有一技之長才走入江湖，既然我能讀書，當然要當個讀書人才有出息。當場他就打電話給我，問我是不是想回去讀書，我猶豫了一下，說是。」

「為什麼要猶豫？」

「因為我不知道回到學校，同學們會怎麼看我？那些課程，我也不確定能不能跟得上?」宏岳低頭又說:「何況我如果回家住,又怕跟我爸處不好。以前他常常罵我不用功,只愛玩,放學就跑出去跟朋友鬼混。我雖然有時會去網咖,或去同學家打電動,但我也常常去圖書館看書。可是我爸就是不相信,真是氣死我了!」

「大人不都是這樣嗎?只聽自己想聽的,不聽我們講話。」志翔拍拍他的肩膀,又說:「你放心,如果你回學校讀書遇到不會的功課,我可以教你。你也不會沒有朋友,至少有我。」

宏岳一聽,奮力往志翔手上一握。

「嗯……」志翔一痛,暗叫一聲。

「哈!哈!哈!」兩人相視大笑。

「嗨!你們在笑什麼?」美華也來了。

「咳!」夏若迪清清喉嚨,顯然剛才都在側耳偷聽。

「沒啦！我在說我爸。」宏岳又說：「我爸自己才應該檢討，每天忙著賺錢不在家，車子一開出門，一個月見不到三次面，根本就是不負責任。國中時我發燒生病，都是我媽帶我去看醫生，聽我媽說，她生我的時候，我爸也只去醫院照顧一天，我懷疑他根本就不愛這個家。」

志翔問：「你媽生前對你爸一定也有很多牢騷？」

「喔！不，雖然他們後來離婚了，但其實他們的心態都一樣，我媽總是說爸爸跟她賺錢很辛苦，要我多多體諒他們。」宏岳頭一偏，語氣不屑。「她說我能住洋房，穿名牌衣服鞋子，都得感謝大人四處奔波。誰稀罕那些東西啊？你知道我有多久沒有跟我爸講話了嗎？整整一年半。」

「大後天是宏岳爸爸的生日。」美華說。

「你怎麼知道？」志翔好奇。

「宏岳自己說的，他還說要等那天過後，再考慮要不要回家住。」

「哈！」志翔笑出聲。

「有什麼好笑？」宏岳不悅。

「唉呀！乾脆一點嘛。看你討債那麼豪邁，何必在回家這件事上想東想西呢？」志翔往攤子上掃視一遍，又說：「你爸爸有拜拜嗎？」

「有，我小的時候，我爸曾經當過爐主，迎回一尊王爺公回家。每年過年，他也一定會帶全家去臺南的南鯤鯓代天府拜拜，他說那兒是全臺王爺廟的祖廟。」

「那正好。」志翔拿起一個串著中國結流蘇的東西，「這裡有個王爺公的平安符，我講一個故事給你們聽。」

美華拍拍手：「太好了，又有故事聽了。」

宏岳精神一振，好奇的問：「跟王爺公有關的嗎？」

「呵呵！不急，聽我慢慢說來。」

◇ ◇ ◇

冷清的東港魚市裡，熱鬧的街頭巷尾中，人們都皺著眉心，搖頭議論，鎮上瀰漫著一股擔憂的氣氛。

那是因為今年的魚群來得晚，頭一尾是兩個星期前的事了。捕獲的船老闆阿福仔和阿海仔同村，像是中了樂透頭彩，高興得合不攏嘴，因為兩百公斤喊到最後一百六十萬元結標。

這價錢遠高於一般的行情，可見爭著賠錢來買的餐廳店主們，將那條一般大小的黑甕串（黑鮪魚）當作頭香來搶。

可是到現在魚市只拍賣了二十一尾，只是去年同期的一半不到，魚價居高不下，上腹一萬兩千元，將近兩倍成長。再這樣下去，阿海仔擔心供不應求，魚價雖好，但是量太少，總抵不過消耗的成本啊！

天未透光，阿海仔就走到東隆宮燒香膜拜。

裊裊香煙中，他閉目跪地，虔敬的說：「王爺公在上，弟子是聖昌發漁船的船長江大海，祈求王爺公保庇，讓我這次出海平安，抓到很多黑甕串，豐收入港。拜託！拜託！」

走到金爐前，他把平安符拿起來，在白煙中繞了三圈。

他深吸一口氣，才發現今天的空氣清新，富含醒腦的氧氣，並伴隨陣陣濃厚的鹹腥味。

這是大海的氣味啊！他笑一笑，告訴自己，好吉兆！回頭再給王爺一鞠躬。

昨天晚上，他的女兒婷婷聽到他將出海十多天，竟在餐桌旁賭氣不吃飯。她說：「每次都這樣，每次都這樣，討厭！」

他拉長了臉，那滿是海風和烈日侵蝕的痕跡微微顫動。

妻子秋香扮起黑臉罵說：「快吃！你如果不吃，那好，爸爸回家之前，你都不要給我吃飯。看你有多會吵？」

阿海仔只能像餐桌上的大魚頭，朝天花板睜大眼睛，閉緊嘴巴。

他難以表達無奈和愧疚，他知道婷婷愛他，需要爸爸的陪伴，尤其是兩天後婷婷生日那天，她會認為自己是世上最重要的人。那是備受祝福的一天，她要的絕不只是一個鮮奶油大蛋糕。

飯後，婷婷拿出一個繞了紅繩的平安符。那平安符摺成六角形，用透明小袋裝起來，前方有一張王爺神像的相片，下方還配一個紅色中國結和流蘇。

秋香說：「這是前幾天我們去東隆宮求來的。」

婷婷把平安符掛在他的脖子上，說：「祝爸爸早點回家。」

他很感動，孩子雖小，也被他寵得有些任性，但畢竟心是向著他的，他又欣慰的笑了。

離開東隆宮，他上了船，把平安符掛在駕駛座前方的玻璃上。

他將船開到製冰場加冰塊。時序進入春天，海上也沒那麼冷了，可是他的內心卻如冰塊一般寒涼。

他滿心期待漁船豐收，又怕和上次一樣希望落空，那樣他該怎麼面對妻女企盼的眼神？怎麼平衡出海十多天的開銷？加滿柴油跟購買魚餌就要四十多萬，鯖魚、南魷、秋刀，都是最高級的釣餌，還有漁工們的薪資，都不知要怎麼算了。

婷婷下個月的補習費，加上房子和船的貸款，還有秋香說沙發皮破了，衣櫥給白蟻蛀壞了，當初搬新家時就該和其他家具一起換新的，多少可以要點折扣，現在換下來又是一筆開銷。

「王爺公啊！請保庇啊！」他不自覺又說出這句話。

就是那麼巧，婷婷的生日剛好在黑甕串來的季節，導致每回他都無法在家陪她慶生。

記得九年前，他也是在茫茫大海上與波浪搏鬥，然而心中卻記掛著即將臨盆的秋香。他幫船長吊起十多尾黑甕串，光榮的回港，但秋香不在港邊等候，他心急如焚，也不看魚市拍賣了，火速回家。可喜的是迎接他的是秋香懷中赤豔豔的小女娃兒，從此他的甜笑加倍，牽掛也加倍了。

幾年之後，夫妻倆存了錢，跟漁會貸款買了船，他肩上的重量更沉了，然而看著婷婷漸漸成長，滿心的成就感使他忽略了那重擔。

加完冰塊後，當他觸點鞭炮隆重出發時，看見他的婷婷和秋香站在海堤上頻頻向他揮手道別。

他從女兒高高踮起的腳尖知道她小小心靈中充納了不捨和憂慮，他的不忍心何止千萬倍？然而為了這個家，他必得割捨這矛盾，堅毅的往前，躍進這藍藍大海。

在海上旅館接走六位外籍漁工之後，他捕抓黑甕串的旅程才正式展開。一路上浪高五級，船身劇烈顛簸，浪花激起千萬朵細碎泡沫，讓他憶起婷婷還在懷抱時，他擁她在海堤上漫步的情景。

那時風平浪靜，金黃色的陽光灑在海面，波光粼粼，美麗極了。婷婷忽然指著前方說：「爸爸，星星，好多星星！」他正納悶，大白天哪來的星星，但順著她的手勢看去，他不禁莞爾，海面上閃動的波光在婷婷眼裡成了星光點點。他說：「那是大海，不是星星啦！」婷婷卻說：「大海是星星的公司，星星白天在大海上班，晚上回到天上睡覺。」他驚訝小女孩的天真無邪，創意無限。

而此時，他正感嘆大海變幻莫測，四面八方捲起的白浪，在豔陽下閃爍銳利的光芒，猶如一片片翻飛的利刃，瞬間就能攫人性命。不過，這艱險，他希望婷婷永遠不要懂。他和婷婷說，黑甕串就像是聖誕老公公，每年從北方南下，為他們家帶來禮物。不同的是聖誕老公公會主動上門送禮，而這黑甕串必須由他親自到海上去迎接。

黑甕串，這「魚中的勞斯萊斯」，沿著黑潮迴游，每年春暖花開時從琉球南下，到臺灣東南部外海產卵，此時油脂最豐腴，肉質最鮮美。可是牠們體型流線，時速可高達一百六十公里，追逐尚且不易，何況是捕捉。

一天一夜過去，漁船好不容易來到產卵區，他令漁工們將釣餌鉤上魚鉤，並且慢慢拋下五百多根釣鉤，將引誘的長線拉至三十海里。這是所謂的延繩釣法，工作耗費體力又索然無趣，他抹去額上的汗珠，這才發現滿臉都是水分蒸發後留下的白晶，不知是汗鹽還是海鹽？看看手錶，已經工作四個多小時，雖然辛苦不足為外人道，但想想可愛的婷婷，他的臉上不禁恢復了微笑。

怕驚動生性機警的黑甕串，他放完釣餌之後悄悄離去，留下無線電浮標當作標記，任那漫長的餌線隨波逐流，與黑甕串共舞，而他和漁工們才稍微有了喘息的機會。他叫大家充分休息，儲備體力，因為緊接著的工作將更加吃力。

兩個多小時之後，他又踏浪而來，循著無線電追蹤器的引導，找到了屬於他的釣餌。

「抓到了！抓到了！」收起魚線時，六個人合拉一條黑甕串，那繩上反抗的力道不強，讓他有不祥的預感。果然，當他們拉起魚身時，發現腹肉已被啃噬殆盡，看那粗暴的傷口，八成是鯊魚。

腹肉是黑甕串最具經濟價值的地方，可拿來作生魚片，只占全魚的百分之四十，如今卻化為烏有了。他的心情從高處墜落谷底，氣餒和憤怒使他忍不住咒罵起來。

他驚訝的看見海波上穿梭著幾個三角形的背鰭，原來不只一條鯊魚啊！有大鯊魚，也有小鯊魚，想是鮮甜的魚血引誘牠們聚集。人和鯊魚都為了生存而獵殺，回頭一想，到口的獵物竟被人類搶奪而去，也許牠們比人類更生氣吧！可是那是他千辛萬苦放餌釣到的啊！他不甘心。

此刻不容許他再發愣失神，他命令漁工們趕緊拉起餌線檢查，要搶在鯊魚之前抓起上鉤的黑甕串才行。既然是生存競爭，總是先下手為強；既然是生存競爭，總是得區分勝利者和失敗者，這是與自然搏鬥必須接受的嚴酷現實。

幾番忙碌之後，終於有一尾完整的的黑甕串上船，船上響起暢快的歡呼。他興奮的趕緊撥打衛星電話回家報喜。電話那頭，秋香狂喜，連忙呼喚婷婷來跟爸爸說話。婷婷接過話筒，他說：「爸爸抓到黑甕串了！爸爸有沒有厲害？」

婷婷甚是歡喜，說：「爸爸抓到魚了，是不是就要回來了？人家好想你。」

他說：「很快，很快，爸爸很快就可以回家了。」

婷婷嬌嗔的說：「爸爸都沒有跟人家說。」

「說什麼？」

「生日快樂啦！」

忙著抓魚，他竟然忘了今天是婷婷的生日！他趕緊祝她生日快樂，而她回他一個甜美的撒嬌，說：「媽媽買了蛋糕，我留了一大塊蛋糕冰在冰箱，等你回來吃喔！」

他的心幾乎要融化了。

說是要很快回家，可是怎麼行呢？出海一趟不是小事，一尾黑甕串怎麼夠成本，柴油還多著，還得再試試。他得讓婷婷多等幾天了。

婷婷的甜笑還在耳際迴響，剛剛他切斷電話時，許多關心的話都沒有說出口，他一向習慣隱藏自己真實的情緒，就像他從來沒敢在秋香面前說一聲「我愛你」。

還記得去年這時節出海，婷婷哭鬧不已，一直到他捕到黑甕串打電話回家，秋香說：「她說同學生日時，都到速食店辦慶生會，她的生日卻連爸爸都不在身邊。」

那樣半懂不懂的年紀，真的不容易啊！而今年婷婷並沒有哭，顯然經過一年，她長大多了。

還記得不久前她還不會挑魚刺，吃塊魚都得別人幫她將魚肉剔好，現在就連多刺的虱目魚，她吃得比誰都快。

還有她第一次吃生魚片時，讓嗆辣的芥末嗆得一臉鼻涕眼淚，而現在卻會跟他在餐桌上搶鮪魚肚吃了。不敢相信那個襁褓中紅豔豔的小女娃兒，已經變成亭亭玉立的美少女了。

天色漸漸暗下來，海上空氣清透，橘紅色的夕陽顯得又大又圓。引擎聲達達的響著，他要趁天黑之前換個地點，在這茫茫大海中博取另一個希望。

海面上閃出點點特殊的銀光，是飛魚被他的引擎聲驚起飛跳。浪忽然高起來，他的心也隨船身上上下下，彷彿隨那飛魚飛翔起落。黑幕漸漸籠罩，他打亮船上的燈光，雖然廣闊的海域中這一點燈火微不足道，卻帶給他一絲絲家的感覺。

他真正的家在後方，但此刻他仍要向前追逐，追逐那黝黑深海裡茫不可測的機會和命運。他掌穩舵，望向即將消失的海平線，又看著玻璃上方的平安符，一股更深沉的愧疚，悄悄從心裡升起。

◇
◇
◇

「唉！我真羡慕婷婷，有個好爸爸……」宏岳說完立刻住嘴，陷入沉思。

「其實，你也有一個好爸爸啦！」美華說。

「或許吧！」宏岳淡淡一笑，又說：「志翔，這個平安符怎麼賣？」

夏若迪搶著說：「一百元，你想做什麼？」

宏岳笑而不答。

美華笑說：「我知道了，你要送給你爸當生日禮物。」

宏岳伸手掏口袋：「給我爸掛在車上，保平安。」

夏若迪一旁說：「這個平安符就送你，免費。」

「真的嗎？」

「就當作交換你那一條子彈項鍊。」志翔說。

「謝啦！」宏岳尷尬的笑了笑。

「難得你能了解天下爸爸們的辛苦，真不錯。」夏若迪欣慰的把平安符交給宏岳。「來，你們都是乖孩子，我請你們吃便當。」

美華癟嘴說：「剛剛聽得滿腦子都是血腥，我不想吃肉。」

「那麼今天吃素菜便當！」夏若迪問。

「耶！」三個少年同聲歡呼。

夏若迪回車子去拿錢，突然一陣天搖地動。先是左右搖晃，十幾秒後改為上下震盪，而且越來越激烈，越來越狂猛……

「地震，大地震——」

舊貨市場裡尖叫聲此起彼落，大家都張開手臂，本能的要找掩蔽物。

美華拉志翔蹲下，志翔安撫她：「這市場是露天的，不用擔心會有東西垮下來。」

「既然這樣，還怕什麼？」宏岳乾脆往地上盤腿一坐。

夏若迪卻左顧右盼，慌張叫著：「不行！快跑。你們看，危險……」

一旁的住商大樓搖晃得很厲害，居然開始傾斜。

「啊——」

「啊——啊——」

眾人更加驚恐，想逃又不知往哪裡逃。

志翔臉色一抹，露出圓睜睜的大眼睛說：「眼看他起高樓，眼看他宴賓客，眼看他樓塌了。」

美華扯他衣角，不悅的叫：「這時候你還說風涼話。」

志翔不理會，還站起來大聲吼叫：「一切有為法，如夢幻泡影，如電亦如露，應做如是觀——」

「砰——砰——」

大樓崩塌，巨大的水泥塊紛紛掉落又彈起，彈起又掉落。

大家都嚇傻了，唯獨夏志翔雙手插腰，直挺挺的站著，嘴裡還喊著：

「色即是空，空即是色，受想行識，亦復如是——」

奇怪的是，遠遠的從空中俯瞰，那些紛紛掉落的水泥塊互相撞擊又撞擊，滾動又滾動，彷彿有人在大太陽底下翻攪著無數滾燙的小白石……

第九話

精裝筆記本

那些水泥塊宛如受到翻攪而互相撞擊，但把視線再拉到很遠來看，天哪！那些並不是什麼大樓崩落的水泥塊，而是一顆一顆翻滾的小白石——朗朗晴空下，南投山區清泉寺著名的「枯山水」裡，小和尚常喜正拖著竹耙子，專注的耙梳池子裡細碎的小白石。

「刷——刷——」數以千萬計的小白石從底層被翻上來，並往兩側輕輕崩落。

歷經半小時的時間，常喜已經一一繞過十七顆大黑石，在它們周邊耙出無數個同心圓的環狀水紋。現在正精準的慢慢後退，將其餘的留白梳出平靜舒緩的水流。

這是佛寺主持光藏法師交代他每日必做的功課。

「常喜，別偷懶，快去耙水紋！」光藏師父總是這麼對他說。

雖然在大太陽下站一會兒就揮汗如雨，而且重複相同的動作顯得枯燥乏味，但常喜沒有抱怨，反而感到驕傲。因為這原本是師父每日操持的課業，一年多前師父得了重病之後，將這重擔交給了他。

三個月前，師父到醫院追蹤檢查，肺癌已到末期。

師父放棄急救回到寺裡安寧照護，每天不是臥床，就是坐輪椅讓人推出去晒太陽，有時昏迷有時清醒，漸漸的話也說得少了。

常喜是師父的大弟子，他知道師父很看重他。

這座有名的「枯山水」，是已逝的師公甘露法師興建的。

聽師父說，很久以前，清泉寺地下湧泉豐沛，第一代住持空達法師興建假山水池，在其中放養百餘條肥壯的各色錦鯉，吸引遊客前來參觀進香。那時媒體瘋狂報導，清泉寺聲名遠播，成為遊客旅行南投時必定光臨的重要景點。

但不久附近山頭開闢出縱橫交錯的產業道路，然後坡地上開墾成檳榔園、鳳梨田和果園。為了灌溉這些作物，農民蓋水塔，抽取地下水來蓄水，很快搶了水源，佛寺的水池就枯竭了。

隨著水源枯竭，錦鯉死了，草木枯萎，假山水池成了乾涸沙漠。美景不再，清泉寺因而門可羅雀。

十多年後，第二代住持甘露法師接任寺務，乾脆廢掉水池，把假山剷平填入池中，復原成半公頃的平地。然後在上面鋪金剛砂，再用數十輛卡車載來花蓮的小白石，改成白砂鋪地的細石海。又在池中錯落擺放了十七顆大黑石，並把白砂耙出水紋，做成東洋風格禪味十足的「枯山水」。

據說，如果靜下心來凝視這枯池子，能看見十八羅漢並列的奇異幻象，但至今還沒人能從十七顆大黑石看出十八羅漢。

大部分的人看到的是十七羅漢凌波渡江，也有人說是千島湖中奇岩競秀；更有人說看見藍天海鷗，椰林沙灘，十數個孤島彼此若即若離，就像一群聚在一起卻個個埋頭滑手機的現代人。

還有人模仿學者的口吻說：「看哪！黑壓壓的眾生浮浮沉沉，就像鐵達尼號沉船時漂流海上的倖存者，這是苦海無邊啊！回頭是岸啊！」

這些真真假假的言論，不停在池子邊交換談論著。經過媒體一渲染，每天來這兒參觀的遊客比「假山水池」那時代多了數百倍。

以前光藏師父健康時，每日早餐過後便會來耙水紋。那時師父從來不去說這些傳聞，而現在叫常喜耙水紋，關於這十八羅漢的傳聞種種，師父仍然一句話都沒說。

這一年來，常喜已經繞著池子無數次，從各種角度，怎麼看，怎麼數，也只有十七顆大黑石。唉！他這一顆十五歲的小腦袋，哪能參透什麼禪機？

「啪——啪——啪——」耳邊響起急促的跑步聲。

緊接著小師弟常樂出現在池邊，慌張對他叫喚：「師兄！師兄！師父要你去禪房找他。快！」

常喜最怕這樣，那表示師父的病情又有緊急狀況了。

「啪——啪——啪——」常喜急忙跑進師父休息的禪房。

「師父，您找我？」

卻見師父精神奕奕的下床。

「師父，你怎麼起來了？你怎麼不躺著休息？」常喜擔心的說。

「來！」師父逕自走到牆邊的一個大木箱旁，說：「來，我有好東西要給你看。」

師父聲如洪鐘，常喜好驚喜，大聲說：「您今天看起來氣色非常好，精神也特別好，看來病情有了起色，說不定快好了呢！」

「沒有的事，我知道我的時間所剩不多了，只不過今天的精神很不錯，所以叫你過來交代一些事情。」師父打開箱子，看看箱內，又說：「希望你能收下這些寶物，好好幫我保管。」

「寶物？」

「是的，每一樣都是很有意義的寶物。」

常喜以為是金銀財寶之類的珍寶，好奇的湊過去看，結果看了更加好奇。

「你看，這是我爸媽留下來的東西。」光藏法師從箱子裡拿出一個搟麵棍。「他們生前經營一家素菜麵館，叫做『金麥素菜館』，我打娘胎就跟著母親吃素麵、素餃子，出生之後，兩歲開始就跟大人一樣茹素禮佛，從小就結下了佛緣。」

常喜接過擀麵棍，看見上面烙印有「金麥」二字，覺得有趣。

「這把金門菜刀就是素菜館的廚具，用當年八二三炮戰落在金門的炮彈做成的菜刀，戰爭轉變為和平。」

「這真有趣了。」常喜拿過那把菜刀，上頭鐫刻有「炮彈鋼刀」四個字。

「我的父母非常疼我，你看。」他又拿出一幅八開大小的裝框畫，滔滔不絕。「這是我小時候畫在圖畫紙上的第一張畫，那時我四歲，畫我的媽媽。爸媽把它當作寶貝，裱框掛在餐廳的牆上，跟客人分享。」

常喜笑說：「這是亂塗鴉的嘛！」

「呵！」師父微笑不答，拿出一對陶瓷的結婚娃娃，又說：「這是他們結婚時，親戚送的紀念禮物，就擺在床頭櫃上，小時候我常常拿來當玩具。他們還常常帶我出去玩，四處爬山郊遊……」

接著出現一個迷你瓦斯爐。「常常還在郊外野餐。」

「好幸福的家庭。」常喜羨慕的說。

「唉！可惜啊！我十七歲那一年，父母一同開車外出，卻發生嚴重車禍，雙雙亡故了，那時我傷心欲絕，體會到人生無常的道理，便生起了出家的念頭。」光藏師父停頓了一下，又說：「我自願出家，到南投清泉寺這裡投靠父親的好朋友甘露法師，這一待就是五十五年。」

光藏師父又從裡頭拿出一個理髮用的手推剪，笑說：「那時甘露師父不願我出家，怕我只是一時低潮，年輕不懂事，還不了解自己，因此不幫我剃度，而是去買了這一個手推剪，幫我理成小平頭。我跟著師兄們做早晚課，種菜打掃，一點都沒有偷懶。兩年過後，他看我對佛法的學習態度很積極，知道我是認真的，才正式幫我剃度。」

「甘露師公留下來的……」常喜接過手推剪，看見師公的遺物，生起一股崇敬之意。

師父陸續將其他東西拿出來，攤在地板上。

「你來看，這大蝦圓盤、子母雞大碗公、竹編小畚箕、檜木櫻花扇，都是我阿公阿嬤留下來的舊物。」

「這個呢？」常喜拾起一個平安符。

「這是王爺公的平安符，是我出生時，阿公到王爺廟求來，給我掛在胸前保平安的。」師父說，「我的阿公阿嬤也早在我爸媽過世之前，相繼病逝了。」

「啊！好可憐。」常喜眼眶溼潤，「我不知道師父從小是個孤兒。」

「不，不可憐，芸芸眾生迷失在苦海中，執迷不悟，受苦受難，才是最可憐。」師父從箱中拿出一條項鍊，「你看這條項鍊，串了兩顆子彈銀飾。項鍊的主人是一位黑道的殺人通緝犯，二十多年前，他逃亡到山上，潛進寺裡被我發現，是我勸他不要活在恐懼當中，應該為自己的錯誤負責。他後來受到佛法感悟，主動去投案，臨走前留下這條項鍊給我當作紀念，以示決心。」

「哇！」常喜接過來，撥弄兩顆子彈，讚嘆的說不出話來。

「又比如這一尊神像。」師父彎腰，從裡面捧出虎爺神像。「你看祂的尾巴被人砍斷了。我年輕時，全臺風靡賭博大家樂，好多人為了明牌，求神拜佛大筆下注，結果『摃龜』後心有不甘，砍掉神像的尾巴來洩憤。那時常聽說溪裡有許多被遺棄的神像，真是可憐，我恰好也撿到了這一尊，當作警惕信眾戒除貪婪的教材。」

「不會吧！」常喜無法置信，「為了錢財，連神明都敢欺負，那不是無法無天了嗎？」

「呵呵！這幾十年來，我接觸過無數的信眾大德，他們在生、老、病、死、怨憎會、愛別離、求不得、五蘊熾盛等苦痛中，滾滾沉浮，總是家家有本難念的經，人人有訴不完的苦，那才是可憐。我們出家人心心念念都要想著，該怎麼度化眾生，幫助大家離苦得樂。」

「是。」常喜認真點頭。

師父走到桌邊，拿起桌上的黃銅小香爐和刻有獸首的石頭紙鎮，一起放進大木箱中。他又說：「你到櫃子邊拿紫砂茶葉罐，還有油桐花咖啡杯給我。」

「好。」常喜把咖啡杯放在茶葉罐上面，一起捧過去。

師父同樣把它們放在一起，說：「這十八樣東西雖然都是俗物，但每一樣都是珍寶。我已經賦予它們珍貴的意義，希望你幫我保存下去。人性的貪、嗔、痴、慢、疑，還有因果循環、輪迴果報、付出與回饋、自我認同、生命的價值和做人處世的道理，都在這裡頭了。」

「這……」常喜聽得一頭霧水，卻又不知如何發問。

師父又說：「佛法看似深奧，但解脫的智慧，不只存在菩薩傳授的高深經文中，也在日常生活的言行舉止與人心之中。我已經完成了我的功課，找出弘法的法門，我希望你將來好好研究，也悟出適合自己的方式，利益眾生。」

常喜終於耐不住，苦著臉說：「師父，您說了那麼多，我實在是聽不懂。」

「沒關係，你以後就會懂的。你只要答應我，好好幫我保管這些寶物。好嗎？」

「好的。」

「謝謝你。」師父滿意微笑，「好了，常喜，回去耙水紋吧！記得每天都要耙呀！別偷懶。」

「是。」

常喜上前要幫忙收拾，師父卻揮手說：「你去忙，我來就好了。」

常喜退出房門，回到「枯山水」邊，愣愣的望著滿池的枯澀。

師父在交代遺物了，真叫人心酸。可是師父的臉色與體力明顯好很多，剛才這些舉動會不會是多餘的？

十八項傳世的寶物都交代給他，可是師父並沒講清楚要如何用它們來弘法，一切又得靠他自己去領悟。唉！就跟這「枯山水」一樣，叫人傷腦筋啊！

不管那些了，剛剛師父交代的東西還滿有趣的。他邊拿著竹耙子走進池子裡，一邊掐手指回想剛才的寶物。

「擀麵棍、塗鴉畫、手推剪、結婚娃娃、小瓦斯爐、大圓盤、大碗公、小畚箕、檜木扇、金門菜刀、平安符……」常喜皺起眉頭，「咦？奇怪，怎麼只有十七項呢？不是有十八項嗎？難道我算錯了？」

他重新數過，還是十七個。他站在池心，困惑不已。

「不對，還是不對，再數一次。擀麵棍、塗鴉畫……」

恍惚中，從視線的餘光，他瞥見一個龐大的陌生黑石矗立在身邊。

「咦……哪來的第十八顆黑石？」

轉頭細看，才知道那是個大黑影，是太陽下自己的黑影。

「啊——」

一股電流竄進他的腦門，瞬間貫通全身，直達手指腳尖，教他全身爬滿雞皮疙瘩。他猛然抬頭，似乎參透了什麼。

「啊！原來……原來……人在池子外面是看不到十八羅漢的。原來，這一片枯山水不是給人欣賞的，原來這一片苦海是要人親自下來，才能……才能……」

「啊！師父，師父，我知道了，我知道了……」他興奮的跑向禪房，要宣告這得來不易的驚天發現。

他興沖沖跑回禪房，敲了門進去，師父卻不在裡面。

他又跑出來，到大雄寶殿找，也沒看見。

他又奔到偏殿和其他地方去尋，依舊不見蹤影。

小師弟常樂看他氣喘吁吁，過來問他：「師兄，你怎麼了？」

「師父呢？師父去哪裡了？」

「師父在禪房裡啊！剛才你離開之後，師父叫我過去，說他要去忙了。他還叫我跟大家說，從此各忙各的，加油嘍！」

「他要去忙？各忙各的？什麼意思啊？」常喜滿腦的困惑，「師父的病好了嗎？他不在裡面啊！」

常樂說：「可是我沒有看他走出來。」

常喜非常納悶，跑回師父禪房察看。

師父還是不在，他發現木箱子是打開的，剛才那些寶物都不在地上了，顯然已經收拾完畢，但師父的衣服卻披掛在箱口上，地上留了一雙軟鞋。

「怎麼會這樣？師父沒穿衣服，他跑去哪裡了？」常喜拿起衣服端詳。

他好奇的把箱子裡的寶物拿出來一一點數，赫然發現有個奇特的東西疊壓在最底層。

他彎腰伸手，拿出一本精裝的紅色筆記本。

「啊！對了。」他回想起一年多前，師父剛生病不久，每晚他送茶水進來時，都看見師父埋首在書桌上寫東西，用的就是這本筆記本。

「難道這是師父的回憶錄？」

他翻開第一頁，五個毛筆寫的楷書大字，映入眼簾——「瞎掰舊貨攤」。

他感到新奇與疑惑。翻開第二頁，標題寫「第一話斷尾虎爺」。

他回頭看看地上的虎爺神像，說：「對了，就是師父在溪邊撿到的神像。」

他興味盎然的讀起內文，發現裡頭描寫的是一位失業的中年男人，為了求生存，不得不拉下臉皮，不顧尊嚴的利用虎爺去乞討的故事，並不是師父撿到神像的記載。

雖然這個故事讀起來有點悲哀，卻非常有意思。很明顯的，這不是師父的回憶錄，而是一篇警世小品。

「轟隆——轟隆——」

屋外雷聲巨響，天色頓時暗下來。

常喜望著窗外說：「要下西北雨了。」

「呼——呼——」

室內莫名颳起狂風，把筆記本上的紙頁一一吹捲起來，彷彿有人在翻閱速讀著。

他看見上頭斗大的標題不斷輪替變換——「紫砂茶葉罐……黃銅小香爐……大蝦圓盤……裝框的塗鴉畫……陶瓷結婚娃娃……」

一直翻到最後一頁，他看到最後兩小段：

大家都嚇傻了，唯獨夏志翔雙手插腰，直挺挺的站著，嘴裡還喊著：

「色即是空，空即是色，受想行識，亦復如是——」

奇怪的是，遠遠的從空中俯瞰，那些紛紛掉落的水泥塊互相撞擊又撞擊，滾動又滾動，彷彿有人在大太陽底下翻攪著無數滾燙的小白石……

師父在最後題上了「釋光藏敬書」，五個小字。

常喜會心微笑。

忽然從下一頁掉出一張證件。

他撿起來看，是一張發黃的身分證，上面寫「父：夏若迪，母：江夢蝶」。翻到正面，身分證的主人是「夏志翔」，貼有一張少年的照片，發證日期竟是六十幾年前。

「咦！夏志翔？這不是剛剛筆記本裡頭，那個一直瞎掰著故事的主人翁嗎？」

那照片看來十分清秀，慧黠的眼神，濃密的眉毛，純真的微笑，彷彿似曾相識。

他正狐疑著，照片裡的少年卻開始出現變化。

那人長出鬍鬚，掉光頭髮，冒出戒疤，臉上擠出無數的皺紋，變成異常熟悉的面孔，對他大叫：

「常喜，別偷懶，快去耙水紋！」

（《瞎掰舊貨攤2：子母雞大碗公》全文完）

少年天下——076

瞎掰舊貨攤2：子母雞大碗公

作者｜鄭宗弦

責任編輯｜李幼婷
封面設計｜DIDI
內文排版｜旭豐數位排版有限公司
行銷企劃｜劉盈萱

天下雜誌群創辦人｜殷允芃
董事長兼執行長｜何琦瑜
媒體暨產品事業群
總經理｜游玉雪
副總經理｜林彥傑
總編輯｜林欣靜
行銷總監｜林育菁
主編｜李幼婷
版權主任｜何晨瑋、黃微真

出版者｜親子天下股份有限公司
地址｜台北市104建國北路一段96號4樓
電話｜（02）2509-2800　傳真｜（02）2509-2462
網址｜www.parenting.com.tw
讀者服務專線｜（02）2662-0332　週一～週五：09:00~17:30
傳真｜（02）2662-6048　客服信箱｜parenting@cw.com.tw
法律顧問｜台英國際商務法律事務所・羅明通律師
製版印刷｜中原造像股份有限公司
總經銷｜大和圖書有限公司　電話：（02）8990-2588

出版日期｜2022年2月第一版第一次印行
2024年2月第一版第五次印行
定價｜320元
書號｜BKKNF069P
ISBN｜978-626-305-133-1（平裝）

國家圖書館出版品預行編目資料

瞎掰舊貨攤2：子母雞大碗公/鄭宗弦文. --
第一版. -- 臺北市：親子天下股份有限公司,
2022.02
240面；14.8X21公分. -- (少年天下；76)

ISBN 978-626-305-133-1(下冊：平裝)

863.59　　110020293